菲來鴻福

下

風文創 853

夏言 著

目錄

第二十八章 …… 005
第二十九章 …… 017
第三十章 …… 029
第三十一章 …… 041
第三十二章 …… 053
第三十三章 …… 063
第三十四章 …… 075
第三十五章 …… 087
第三十六章 …… 099
第三十七章 …… 111
第三十八章 …… 121
第三十九章 …… 131
第四十章 …… 141
第四十一章 …… 153
第四十二章 …… 165
第四十三章 …… 177
第四十四章 …… 187
第四十五章 …… 199
第四十六章 …… 211
第四十七章 …… 223
第四十八章 …… 235
第四十九章 …… 249
第五十章 …… 263
第五十一章 …… 273
第五十二章 …… 283
番外 前生諾 …… 297

第二十八章

柔姨娘正想再勸女兒幾句，卻聽女兒說出要她離開定國公府的話，頓時驚到了。

「走？」

雖然沒經過考慮，但祁雲菲說出來之後，覺得自己的主意甚好。既然定國公府的人忌憚她的身分，何不壓著他們，放柔姨娘走？

「對，離開定國公府，離開父親身邊。」祁雲菲非常認真。

這輩子，柔姨娘過得實在淒慘，年少時被父親賣給祁三爺，但祁三爺並非良人，主母李氏也不好相處，對她非打即罵。

可柔姨娘生性軟弱，即便如此，也從未想過要離開定國公府。

況且，一個妾離了主家，還能去哪裡呢？根本活不下去。

「妳瘋了嗎？我怎麼可能走。」柔姨娘拒絕祁雲菲出的主意。縱然她信女兒的話，也站在女兒這邊，但不代表她會答應離開。

祁雲菲蹙眉。「為什麼不能？父親待您不好，府裡的人又欺負您，離開就是了。」

柔姨娘臉色蒼白，斥責她。「莫要說這些渾話了。天底下哪有妳這樣的女兒，竟然勸著自己的父母分開。」

柔姨娘覺得，祁雲菲真是有些不對勁，從去年秋日起就變了樣。

祁雲菲卻是異常冷漠。「父親對我只有生恩罷了，何曾當我是他的女兒？為了自己的利益，他賣掉三姊姊，如今又賣了我。我們這些庶女對他而言，不過是物件。」

「就算這樣，他也是妳的父親，怎可如此說他？別再跟我講這樣的話，否則我要生氣了。」柔姨娘斥責道。

這會兒，柔姨娘已經回過神來，見女兒還想說話，忙道：「好了，莫要說了。妳只是出身定國公府的庶女，能嫁給睿王實屬意外。這位置本就不穩當，妳才嫁過去兩天，怎能如此肆意妄為？京城裡不知有多少雙眼睛盯著妳呢，千萬別出錯。

「再者，如妳所言，睿王位高權重，肯定不會把後院放在心上，妳要好好伺候他，別給他惹麻煩。」

「姨娘……」

重生後，救出柔姨娘，就是祁雲菲最深的執念。管他什麼睿王妃的位置，她只想讓柔姨娘逃出去。

可向來溫和的柔姨娘被嚇到了，語氣漸漸加重。「好了。妳要認清自己的身分，別一朝成了睿王妃，就開始膽大妄為。如今妳跟睿王新婚燕爾，他許是瞧著這張臉，才待妳好些。如今日子還沒過順，可不能這樣胡來。」

柔姨娘想，當年祁三爺亦因為她長得美，而待她極好。不過，日子久了，再美的臉，也會看膩。

「女兒不想再看您受苦了！」祁雲菲著急地說。

「我在定國公府這麼多年，都過來了，哪裡會受苦？我不需要妳救，也不覺得自己苦。妳好好過，就是對我最大的安慰。妳先想想如何穩住睿王妃的位置，如何討睿王歡心吧。別仗著自己成了睿王妃，就這樣毫無分寸。」

看著柔姨娘堅定的眼神，祁雲菲知道，這回又說不動她了。已經跟柔姨娘提過許多次，然而都以失敗告終。

不過，柔姨娘說的也是事實，她的確剛嫁給衛岑瀾，不知衛岑瀾對她到底是什麼心思，但若想讓柔姨娘成功離開定國公府，勢必要借助衛岑瀾的勢力。

「我這身分已經夠讓睿王丟人，要是再離開定國公府，旁人不知會如何笑話妳。」柔姨娘道：「妳怎麼不用用腦子呢，想一齣是一齣的。況且，我從沒想過要離開。我在府裡吃得好、住得好，比小門小戶的正頭娘子過得還好，外頭的人都羨慕我。」

不過，祁雲菲正低著頭，沒看到柔姨娘眼中一閃而逝的悲傷。

聽柔姨娘這般說，祁雲菲怕柔姨娘再擔憂她，勉強擠出一絲微笑。「嗯，姨娘教訓的是，女兒知曉了，以後不會再跟您說這些。」

如今她是睿王妃，而靜王是最後的勝利者，之後定國公府用不著她了，便不會逼著柔姨娘，柔姨娘應該沒有性命之憂。

可是，該說的，還是要說。

「姨娘，現在女兒可是睿王妃，若府裡的人再欺負您，不必忍著，給女兒遞信便是，女兒幫您。」

柔姨娘欣慰地摸了摸祁雲菲的頭髮。「好。」

「還有，如果府裡的人再像今日一般，讓您過來求女兒，您先答應，千萬別拒絕他們。那些人壞得很，要是您不點頭，不知會生出什麼壞主意。您且應下，等到跟女兒見面時，跟女兒說，女兒自會為您做主。」

前世，柔姨娘就是不聽從定國公府的命令，沒有去求她幫忙，才被折磨死。若是先應承，想必他們便不會如此相逼。

柔姨娘臉上依舊帶著笑。「嗯，我記住了。」

接下來，柔姨娘又細細問了祁雲菲這幾日的起居，得知女兒過得不錯，衛岑瀾也待她甚好，才真的開心起來，不過仍舊叮嚀了她幾句。

畢竟，她從沒想過女兒能成為親王正妃，感覺這位置像是從天上掉下來的，隨時可能被收走。

說著說著，柔姨娘提起一件事。「對了，剛剛我聽夫人說，皇上許是要給妳父親爵位，大概這幾日就能定下來。封爵之後，妳的身分又能高些，出門在外，也不至於低別人那麼多了。」

祁雲菲驚訝地看柔姨娘。「為何？」

柔姨娘搖搖頭。「我也不清楚，聽大夫人的意思，許是跟睿王有關吧。她們說的時候，我也就是聽了一下，沒聽仔細。」

祁雲菲沈默地點頭。

前世，即便她成為皇貴妃，父親身上也無爵位。難道是因她成了睿王妃，父親才有了爵位不成？

若真是如此，那究竟是平德帝的主意，還是衛岑瀾的主意呢？

這件事很快就被帶過去了，柔姨娘和祁雲菲又說起別的。

不久，吟春進來，道衛岑瀾要準備回府了。

柔姨娘一聽，立刻惶恐起來，在祁雲菲出門之前，又交代她一遍。

「睿王許是因大姑娘跟妳交換的事惱了定國公府，竟然不吃飯就要走了。妳回去之後，可要小心伺候，別惹惱他，別提帶我離開國公府的事，以免讓他生氣。而且，即便妳說了，我也不走。

「還有，我聽說睿王府沒有侍妾，那妳趕緊趁著這個機會懷上孩子。有了孩子，就不必擔心會被睿王休棄了。」

聽見生孩子的事，祁雲菲不由抿唇。「嗯，女兒知道了。」

因有前世的記憶，對於衛岑瀾的決定，祁雲菲不覺得有什麼不好。畢竟，前世衛岑瀾根本沒來定國公府，如今能來，已經很給面子。雖然這個面子可能不是給她的，但她確實受益了。

至於帶柔姨娘離開的事，還是得從長計議。若說服不了柔姨娘，她再努力也沒用。

祁雲菲帶人出了廂房，羅氏、張氏和李氏已經趕來，祁老夫人則推說身子不適，去休息了。

祁雲菲一聽這話便明白，哪裡是身子不適，分明是對衛岑瀾不肯留下吃飯而不滿。去前院的路上，羅氏道：「四姑娘，莫要以為自己如今是睿王妃，便不把定國公府放在眼裡。妳看，睿王也沒那麼在意妳，連回門都不願留下用飯。妳這身分，還是太低了些，要是仍執意不肯聽從府裡的安排，苦日子在後頭呢。」

祁雲菲還沒來得及指責羅氏欺瞞柔姨娘的事，羅氏倒先說她了。若沒有前世的記憶，祁雲菲或許會惴惴不安，可現在有了，她開心得很，也不願在定國公府多待。

「大伯母多慮了。王爺為何不願留下來吃飯，想必大伯母心裡有底。大姊姊做了什麼，您跟皇后娘娘說了什麼，我們家王爺都清楚得很呢。今日是看在我的面子上，王爺才來國公府，不肯留下，多半是惱了你們。哎，說到底，我這是被你們牽累了。」

羅氏沒料到祁雲菲會說出這樣的話，重新審視她一番。

見衛岑瀾在不遠處的馬車旁等著她，祁雲菲低聲對羅氏道：「還有，你們想做什麼就衝著我來，莫使下作手段為難柔姨娘。要是柔姨娘有什麼意外，我拚著性命，也會追究到底。」

祁雲菲說這話時，眼神是前所未有的堅定。

別的事情，她都可以忍讓，為了活下去，也不願再橫生枝節。但，要是有人想害柔姨娘，她就忍不了了。

柔姨娘比她的性命還重要，她重生回來，一定要護住柔姨娘。

羅氏看著她，莫名覺得有些發冷。

昨晚，定國公交代過她，讓她好好待祁雲菲，不能再跟從前一樣。若今日鬧起來，不說衛岑瀾，定國公也不會替她說話。

羅氏張了張嘴，看看不遠處的定國公和衛岑瀾，一個字都沒敢說出來。

很快，一行人到了馬車旁。

衛岑瀾打量祁雲菲的臉色，又掃羅氏一眼，什麼都沒說。

在衛岑瀾面前，所有人都氣弱，即便是在祁雲菲面前咄咄逼人的羅氏，此刻也閉口不言，老老實實跟在定國公身後。

「回去吧。」衛岑瀾沈聲道。

「嗯。」祁雲菲應了聲。

坐上馬車後，祁雲菲想到剛剛的事情，開始緊張起來。

她是不是太厲害了些？會不會替衛岑瀾帶來麻煩了？會不會丟他的臉……

想到衛岑瀾幫她那麼多，她卻一直惹事，祁雲菲心裡非常愧疚。

可是，她總覺得衛岑瀾不是這樣的人，如果他真的在意妻子的身分，便不會讓她做正妃了。

祁雲菲陷入糾結，雙手絞在一起，不時瞥向閉目養神的衛岑瀾。

許久之後，祁雲菲終於忍不住開了口。「剛剛，妾身……」

衛岑瀾睜開眼，凝視著她。

注視著這雙似乎能看清一切的眼睛，祁雲菲臉色微紅，小聲道：「剛剛可能讓您丟臉了。」

「哦？妳做了何事？」

他早知道祁雲菲一直在看他，也知道她猶豫什麼，在等她主動開口。

還好，沒讓他等太久。

祁雲菲抿唇。「妾身頂撞府裡的長輩，還去見姨娘了。」

衛岑瀾臉色未變，繼續問：「如何說的？」

祁雲菲突然覺得衛岑瀾像幼時教過她的先生一般，看起來非常嚴肅，她所有的小動作，在他面前無處遁形。

不過，不知為何，她覺得衛岑瀾的聲音比先生溫和許多。

在衛岑瀾的注視下，祁雲菲把事情經過一五一十說了出來。

她本是性格溫和的人，平日從不會說出那樣激動的話。再說出來時，自己都覺得不好意思，感覺當時的她像被人操控了一般。

說到最後，衛岑瀾還沒說什麼，她的臉已經紅得不得了，心中也充滿愧疚，彷彿之前說出那些話的人不是她。

道完最後一句，祁雲菲的頭已經低到胸前，不敢再看衛岑瀾的臉色。

孰料，衛岑瀾聽完後，突然問了句。「王妃何錯之有？」

這句話如一股清風吹到祁雲菲身上，吹走了她的尷尬，吹走了她的羞愧。

祁雲菲咬唇，小心翼翼地問：「您不覺得妾身忤逆長輩嗎？」

「不覺得。」衛岑瀾肯定地說：「定國公夫人先是把姨娘關起來，逼迫妳進靜王府，如今見妳入我府中，又拿姨娘威脅妳幫助她的女兒。這種人，配稱為長輩嗎？

「還有，現在妳是王妃，身分比國公夫人高。先有國後有家，他們本應敬重妳。要是他們做不到，何須以禮相待？」

衛岑瀾說完，看看祁雲菲，補充幾句。「妳是本王的王妃，出門便代表本王的臉面。妳我夫妻一體，若他們不敬妳，豈不是不敬本王？妳這般做，極好。」

祁雲菲聽了，心頭的慌亂漸漸散去，眼睛亮亮地望向衛岑瀾。

「而且，柔姨娘是妳的生母，妳不維護她，豈不是冷血之人？」

祁雲菲露出驚訝的神色，小聲問：「您不覺得妾身身分太低，丟了您的臉嗎？」

衛岑瀾輕笑一聲。「怎麼會？」

祁雲菲抿唇。「我跟大姊姊的身分差太多了……」

衛岑瀾認真地凝視她。「妳大姊姊的身分，在本王面前，會比妳高太多嗎？還是大齊有比本王身分更高的未婚姑娘？」

祁雲菲驚訝得瞪大了眼睛，隨即明白衛岑瀾的意思，心情瞬間愉悅起來，緊緊咬住唇，才沒讓自己笑出聲。

「沒有。」祁雲菲語氣輕鬆地說。大齊的姑娘，身分都不如衛岑瀾高，且他的確如她所想的一樣，並不在意她的身分。

「嗯，嫁給本王，妳便是睿王府的人了。有本王護著妳，至於定國公府，妳高興便去，不高興則不必理會。今日妳維繫住本王的臉面，以後也要有這樣的氣勢才好。」

衛岑瀾這是在誇她，在鼓勵她？

祁雲菲聽著，再也忍不住笑意。

他不覺得她讓他丟臉了，真好。

第二十九章

見祁雲菲笑了，衛岑瀾心情輕鬆了許多。

方才發生什麼事，他早已知情；祁老夫人、羅氏等人說了什麼、做了什麼，他也曉得。對於自己王妃的表現，非常滿意。

他知道祁雲菲的身分，也熟知她的性子，本以為她會被人欺負，才幫她找了四個伶俐的侍女。

沒想到，她突然立了起來，倒是讓他意外。

不過，一上馬車，他就發現，她又開始懊惱。

這種情緒可真是要不得，即便她不開口，他也要在回府後跟她說一說。

如今她是他的王妃，跟從前不一樣，他不希望自己的妻子受這樣的委屈。

好在，她主動說出來。

他發現，其實祁雲菲很聰明，悟性也高，還聽得進他說的話。

昨天他跟她講道理，今日她就有所改變。方才他稍微點撥，她也很快明白過來，不是一味軟弱，這樣很好。

「謝謝您。」祁雲菲迎視衛岑瀾，真心說道。

衛岑瀾見狀，眼睛裡也染上笑意，輕輕應了聲。

祁雲菲極少看到衛岑瀾笑，此刻見他嘴角揚起，頓時怔了一下。

他不笑，看起來非常冷峻，給人不易接近的感覺。他一笑，雖然神情依舊冷，卻多了一絲溫暖。

這絲溫暖，應該是暖到了她的心坎上。不然，她的心為何不受控制地撲通撲通跳起來呢？

感受到自己的變化，祁雲菲趕緊挪開了目光。

不過，雖然不看衛岑瀾，但祁雲菲依然能感覺，衛岑瀾還在看她。

現在未到夏季，天氣還有些冷，可她卻覺得寬敞的馬車裡憋悶，身子也熱了。

原本她坐得離衛岑瀾極近，這會兒內心慌亂，遂小心翼翼，慢慢往車門挪了挪，彷彿這樣做能涼快一些。

衛岑瀾見小妻子的臉莫名其妙紅了，還不敢看他，微微挑眉。

這是害羞了？

雖然察覺出來，衛岑瀾卻沒說什麼，正打算默默收回目光，卻見小妻子的身子往外挪，不由蹙眉。

難道，他剛剛說得太過分了？

接下來，沒有人再說話，車內變得極為安靜，氣氛隱隱透著一絲詭異。

祁雲菲挪了幾次，見自己離門口越來越近，趕緊停住。發現衛岑瀾依然盯著她瞧，內心的慌亂絲毫沒有減少。

她也不知自己到底怎麼了，在害怕什麼，又在緊張什麼？只覺得腦子裡亂亂的，什麼都沒辦法想。

這時，駛得平穩的馬車，突然劇烈一晃。

祁雲菲正糾結著，當她反應過來時，頭快要撞到車門了。

「啊！」祁雲菲輕叫一聲，不由閉上眼睛。

然而，預想中的疼痛沒有襲來。不僅如此，她還落入一個溫暖的懷抱中。

再次睜開眼時，那雙她一直試圖躲避的深邃眸子正緊緊盯著她。

聞著一股熟悉的皂角香味，感受著放在腰側的寬厚大掌，祁雲菲覺得心臟比剛剛跳得更快，緊張得呼吸要停了。

「可有傷到哪裡？」衛岑瀾沈著臉問道。

祁雲菲屏住呼吸，紅著臉搖頭，結結巴巴地說：「沒……沒有。」

馬車停下，車外響起侍衛的聲音。「王爺，您可有受傷？」
衛岑瀾的目光並未從祁雲菲臉上挪開，淡淡地說：「無礙。」又問一句。「外面發生何事？」
「有個小孩子跑到了馬車前。」
聽到這話，衛岑瀾抬起眼，問侍衛。「有傷著孩子嗎？」
「屬下及時停車，並未傷到人。」
「嗯，孩子的父母可過來了？」
「屬下未看到。」
衛岑瀾蹙了蹙眉，冷聲吩咐。「讓人去找孩子的父母，跟他們好好說一說。」
「是。」
於是，兩名侍衛帶孩子去找父母，其他人各司其職，馬車很快又往前駛去。
衛岑瀾交代完，再次看向自己的小妻子時，卻發現她的神情不再是害羞，似乎還多了些別的。
「王爺，您可真好。」祁雲菲凝視衛岑瀾。
衛岑瀾眉頭一挑。「既然這麼好，妳為何躲那麼遠？」
聽到這話，祁雲菲的臉一下子又紅起來。

她一直都覺得他很好，他待她實在太好了，好到讓她覺得很不真實。

剛剛他聽到小孩子跑到路上，差點被馬車撞著，目光中流露出的擔憂，讓她動容。

原來，他真的是外冷內熱，是個溫暖的人。不僅待她好，對其他不相關的人，也懷著慈悲之心。

靜王說他不好，祁雲昕也說他不好……問題大概出在他們身上吧。

這兩個人，沒一個是好東西。他們口中的惡人，也未必是惡人，定是惹了衛岑瀾不喜，被教訓了。

至於方才她避著他，是因為害羞。

可這種話，她怎麼好意思說出來？

衛岑瀾見小妻子又紅了臉，目光四處游移，不敢看他，漸漸泛起笑意。

原來，真的是害羞。

只是，他們已經成親，她是不是太害羞了？

他不願見她這樣，等馬車駛得穩些，就把祁雲菲抱到一旁，跟他並排坐著。

直到被衛岑瀾放到旁邊的位子，祁雲菲才後知後覺地發現，她竟在他懷裡待了那麼久，臉色更紅，低垂著頭，不敢看他。

過了一會兒，她的心跳漸漸平穩下來，發現衛岑瀾的衣裳跟她的重疊在一起，不由抿了抿唇。

沒過多久，馬車抵達睿王府。

夫妻倆一進去，王管事就迎上來，說哪幾位大人一早就到了，要找衛岑瀾議事。

祁雲菲看得出來，衛岑瀾真的很忙。

跟祁雲菲說一聲後，衛岑瀾去了前院。

祁雲菲回到內院，等吟春她們退下後，香竹打量她的臉色，小聲問：「王妃，王爺是真的不喜歡您，所以才沒留在定國公府用膳，這麼早就回來嗎？」

祁雲菲道：「怎麼會？王爺那麼忙，哪有工夫多待。妳沒看到嗎？他回來後，就去前院議事。這種話，以後不要再說了。」

「是。」

見自家主子似乎沒把這事放在心上，香竹這才鬆了口氣。

後院沒什麼事，祁雲菲四處逛逛，就回去午睡了。

下午，祁雲菲醒來後，腹中有些飢餓，侍女便體貼地讓廚房準備點心。

過了一會兒，看著吟夏端來的金絲燕窩粥，祁雲菲愣住了。

雖然她今生還沒吃過這種東西，但前世當皇貴妃時用了不少，這可不便宜。

回想衛岑瀾一日三餐的吃食，祁雲菲皺了皺眉。

「這是哪裡來的？」

吟夏不明白這句話的意思，想到衛岑瀾對祁雲菲的疼愛，笑著回答。「是王爺吩咐廚房買的。」

一聽這話，祁雲菲眉頭皺得更深了。

衛岑瀾的吃用那麼普通，卻給她這般昂貴的享受……

其實，她一直隱隱約約懷疑，睿王府沒錢。

很多世家貴族看起來有錢，實則是打腫臉充胖子，表面光鮮罷了。比如定國公府的三房，祁三爺和李氏在外打扮得光鮮亮麗，卻是欠了一屁股債，不過維持臉面罷了。

定國公府亦是如此。前世，衛岑瀾失勢後，定國公府的地位一落千丈，很多人紛紛上門討債，她才知道，原來看起來有權有勢的定國公府，也欠了不少錢。

想到這兩日的吃食，再想到前世祁雲昕的信中抱怨生活艱辛，祁雲菲有理由懷疑，其實衛岑瀾也很窮，說不定還欠下很多債。

要真是這樣，她可不能這般大手大腳地花錢，增加衛岑瀾的負擔。她本就幫不了他什麼忙，不能再扯他後腿。

吟夏本以為祁雲菲聽到燕窩是衛岑瀾命人買的，會非常開心，孰料卻在她臉上看到別的神情，見她一直盯著粥碗不講話，遂溫聲提醒。「王妃，您再不用，就涼了。」

祁雲菲回過神來。

燕窩是衛岑瀾的心意，她直接拒絕不太好，便慢慢吃完了。

不得不說，這金絲燕窩粥的確很好吃，味道甚至比她前世在宮裡吃的要好。

吃完後，祁雲菲擦了擦嘴，吩咐吟夏。「以後不必再準備了。」

吟夏詫異地問：「王妃可是不喜歡？」

祁雲菲想了想，道：「也不是不喜歡，只是喝不習慣。」

畢竟是衛岑瀾替她準備的，即便以後打算不吃，也不能說「不喜歡」，否則豈不是打了他的臉？

「是，奴婢記住了。」

一會兒後，吟夏端碗出去，祁雲菲終於想到，她可以為衛岑瀾做什麼了。

她有前世的記憶，可以利用這一點，幫衛岑瀾多賺些錢。

想到衛岑瀾將來會被貶到荒涼之地，肯定更缺錢，祁雲菲的念頭便更加堅定。

雖然她力量有限，但做了總比不做好。

如今，她手中有幾千兩銀子，可對王府來說，只是杯水車薪。

她記得，嫡母李氏曾抱怨過，過節迎來送往，三房就得花幾百兩銀子，而大房更多，要數千兩。

連定國公府都要花這麼多錢，想必睿王府花得更多。萬一真的欠債，肯定不是一筆小數目。

至於睿王府為何欠債，祁雲菲沒想過。

她不會去問衛岑瀾，這畢竟是他的顏面，說不定還涉及不能說的秘密。她不會讓他難看的。

只是，像賣玉珠、賣皮子的事，可遇不可求，不太可能再次輕輕鬆鬆賺那麼多錢。現在韓家鋪子靠著賣狀元紙，每月能賺二十兩銀子，原本她覺得已經很多了，現在看來，一點都不夠。

她得再仔細想想前世發生的事，找到賺錢的法子。

祁雲菲打算多賺些錢，卻沒有表現出來，依然安靜度日。

如今，平德帝病重，朝堂上的事多由衛岑瀾管著，所以衛岑瀾非常忙碌。

原本，衛岑瀾一日假都沒請，想著新婚第二日便上朝，但因為一些變數，在家多待了兩天。

新婚第四日，一大早，衛岑瀾要上朝了。

雖然衛岑瀾的動作非常輕，可祁雲菲還是醒了，立刻從床上坐起身，想要服侍他穿衣裳。

衛岑瀾拒絕了：「不必，本王自己來就好。」

祁雲菲以為衛岑瀾是對她之前的笨拙不喜，想了想，認真地說：「昨日妾身練習了一下，定不會再那般手生。」

衛岑瀾見小妻子還是要起身，便伸手按住她的肩膀。「本王習慣了。天色還早，妳再睡一會兒吧。」

祁雲菲抿了抿唇。

「乖，聽話。」衛岑瀾摸摸她的頭髮。他在軍中待了多年，早已習慣親力親為，也不習慣有人服侍。

天還未大亮，雖然看不清楚衛岑瀾的面色，可祁雲菲的臉一下子紅了起來。

在她還沒回神時，衛岑瀾三兩下把衣裳穿好，動作乾脆俐落，很快收拾完東西，上朝去了。

祁雲菲見狀，摸摸怦怦直跳的心，又摸摸被衛岑瀾撫過的頭髮，再次躺下了。

祁雲菲醒來時，已經是一個時辰後。

洗漱一番，祁雲菲帶著好心情去用早膳。

她來到外間，看著滿桌子琳琅滿目的吃食，頓時瞪大了眼睛。不僅如此，廚房的人還不停端來粥和小菜。

「怎麼這樣多吃的？」祁雲菲忍不住問道。粗粗數了數，光是麵食就備了七、八道，粥也有兩、三種，以及好幾碟小菜。

吟夏管著祁雲菲的吃食，便道：「回王妃的話，這是王爺交代的。」

一聽是衛岑瀾交代的，祁雲菲感到一絲絲喜悅的同時，又再次為王府的生計擔憂。

祁雲菲思索片刻，問道：「早上王爺吃了什麼？」

「王爺吃了包子、油條和白粥。」

聽到衛岑瀾的吃食如此簡單，再看面前的水晶蝦仁餃、團圓翡翠包、流沙奶黃包等菜色，祁雲菲立時覺得自己犯了大罪。

衛岑瀾縮衣節食，她怎能如此奢侈？她又不是好面子的人，沒必要打腫臉充胖子。

「以後不要準備這些了，王爺吃什麼，我就吃什麼。」祁雲菲沈著臉吩咐。

吟夏本想再說些什麼，卻被吟春攔住，用眼神示意吟夏去看祁雲菲的臉色。

吟夏看了，沒再多說。

「奴婢記住了。」

祁雲菲這才安安靜靜吃飯。為了不浪費，還特意多吃些。

飯後，祁雲菲想了想，派人把周掌櫃請來。

她本想獨自出去，只是，如今身分跟從前不一樣，不好隨意行事。即便要出門，也最好先跟衛岑瀾商量，遂在府裡等著周掌櫃了。

第三十章

一進睿王府的門，周掌櫃便戰戰兢兢。

他著實沒想到，自家小主子竟能有這樣的造化。聽小主子說，之前那位幫過他們的岑大人就是睿王，心中頓時有了別的思量。

祁雲菲手頭有錢，如今又不需要逃跑，想出新的主意，便找周掌櫃來商議。

「我記得，韓家鋪子旁邊有個茶葉鋪子，是不是想轉手賣掉？」

「正是。」

「那你盤下來吧，把我們的鋪子擴大些。除了筆墨紙硯，也賣科考的書籍，還有話本……」

接下來，兩人便一起商議如何把生意做大。

「去進些貴的東西，搭配積年陳貨一起賣掉。還有……」

「好。」周掌櫃一邊應聲、一邊在紙上記下。

說完鋪子裡的事，祁雲菲又道：「對了，你去思辨街一趟，看看還有沒有空地。」

「思辨街？」周掌櫃有些詫異。思辨街有些偏僻，也不熱鬧，為何要去那裡？

「對，就是思辨街。」祁雲菲非常肯定。「如果有空地，就買下來蓋鋪子。」若是她沒記錯，思辨街有一處廢棄的王府，明年朝廷會修葺一番，改成書院，京城三品以上官員的子孫都可入學。

那條街很快就會熱鬧起來，不說之後可以用翻倍價錢賣地，在那裡開鋪子，也會財源廣進。

「尤其是沂王府附近。」祁雲菲補充道。

周掌櫃遲疑。「聽說沂王府鬧鬼，沒人敢去……」

當年沂王被冤造反，一夜之間舉家被屠，傳聞那裡聚集了無數冤魂，沒人敢靠近。因此，那塊地一直擱在朝廷手中，賣不出去。

「放心去買就是了。」祁雲菲堅定地說。

想到自家小主子的身分跟從前不一樣，周掌櫃沒再多說，出聲應下。興許小主子從睿王那裡得到了什麼消息，也說不定。

周掌櫃走後，祁雲菲安心了些。

擴大鋪子是要讓每個月多些進項，買地是為了長遠考慮。這樣的話，等衛岑瀾被貶，她把地賣掉，錢就多了。

只是，一會兒後，當祁雲菲瞧見剛送來的十六件當季新衣，腦袋開始疼了起來。

衛岑瀾對她是不是太好了？這可真是甜蜜的負擔。

新婚第二日，便有禮部派來的嬤嬤替她量尺寸，說是做王妃的正服。

孰料，正服還沒見著，這才幾日工夫，新衣裳已經到了。

這幾套全是平日穿的常服，而且料子上等，比她以往穿的都要好。

摸著布料時，祁雲菲的手都在抖。

她知道，自己的衣裳實在太少了，現在也不能再穿那些舊衣，讓衛岑瀾丟臉。

想到新衣不知要花費多少銀子，祁雲菲就覺得心痛。

然而，這些衣裳實在太好看了，無論顏色還是款式，她都很喜歡，於是深深吸了幾口氣，讓吟春把新衣收起來。

她在心中安慰自己，如今她是睿王妃，出門代表衛岑瀾的臉面，這些衣裳是必備之物，不能省。

午飯時，祁雲菲再次看到一桌子菜，甚至比衛岑瀾在的時候還要豐盛，六菜一湯，主食有三、四樣。

看著這些菜，祁雲菲已經不知說什麼好了。思索片刻，把廚房的人叫過來。

廚房的管事以為祁雲菲不滿意午膳的菜色，戰戰兢兢地行禮。「見過王妃。不知王妃喚小的有何事？」

祁雲菲溫和地問：「也沒什麼，只是想問一下，今日的午膳為何如此豐盛？」

管事聽見這話，心下微鬆，笑著說：「這些都是按照您的分例準備的。」

祁雲菲微微蹙眉。「我的分例？那為何王爺在時沒這麼多？」

管事恭敬地回答。「王爺向來節儉，不喜浪費食物，所以每日飯菜都是定量。」

祁雲菲低頭看看桌上的飯菜，抿了抿唇。

衛岑瀾那麼節儉，她卻如此鋪張浪費，太不像話了吧？

「既如此，以後我的飯菜也按照王爺吃的來準備，不，最好比王爺少一些。」

管事微微一怔，嘴唇動了幾下，還是忍不住道：「可是王爺有交代，您每日的膳食都要按照規矩來。」

其實並不是衛岑瀾親自吩咐，是王管事交代的，說衛岑瀾非常看重祁雲菲，絕不允許他們苛待，她的吃用，定要是最好的。

王妃的話要聽，可王爺的話更要聽。

若是他們聽祁雲菲的，縮減膳食，衛岑瀾知道了，肯定怪罪他們。不聽祁雲菲的，衛岑瀾會認為他們不聽話，同樣遭殃，真不知該怎麼辦才好。

一聽這話，祁雲菲心頭微跳，瞪大了眼睛，竟然又是衛岑瀾吩咐的。

管事瞧著她臉上的神情，覺得自家王妃脾性甚好，或許很好說話，便試探地道：「王妃，如果小的減了您的吃食，王爺那邊不好交代。」

以前，祁雲菲在定國公府不受疼愛，嚐過世態炎涼，所以很理解下人的心情。主子們一句話，下人可能要跑斷腿。

祁雲菲想了想，體貼地說：「嗯，那先這樣吧。」

「多謝王妃體諒。」

這頓飯，祁雲菲吃得心情很複雜。

衛岑瀾看重她，待她如此細緻體貼，她非常開心，也覺得很甜蜜。但一想到睿王府可能很缺錢，衛岑瀾過得艱辛，便感到既愧疚又心疼。

天色擦黑時，衛岑瀾回府了。

祁雲菲聽到動靜，快步出去，剛剛走到院子裡，衛岑瀾就進來了。

「見過王爺。」

「免禮。」

沒過多久，廚房的人開始擺飯。

瞧著一道道送上來的菜，祁雲菲心裡越來越緊張，看看菜，再看看衛岑瀾的臉色。可是，她沒從他臉上看出任何不對勁的地方。

八道菜上完後，祁雲菲終於忍不住，對衛岑瀾道：「王爺，妾身平日吃得少，沒必要讓廚房做那麼多菜。不吃的話，都浪費了。」

衛岑瀾盯著桌上的菜，挑了挑眉。很多嗎？這分例似乎跟普通的公侯之家差不多。前幾天的事怪他，他素來節儉，廚房遂按照他的習慣準備。可是，他不希望祁雲菲跟他一樣，不想委屈她，才交代廚房好好伺候。

衛岑瀾想著，打量身形瘦削的小妻子，挾起一筷子菜放到她碗中。「怕浪費，就多吃一些。」

祁雲菲看著多出來的菜，抬頭望向衛岑瀾，抿了抿唇。她不是這個意思，又不好直白說出來，怕傷了他的面子。

她頓了下，小聲地說：「妾身打小飯量就小。」

衛岑瀾依舊不解其意。「嗯，那能吃多少就吃多少。想吃什麼，吩咐廚房去做。」

祁雲菲聽了，臉上終於露出笑容。「好。」

見她如此高興，衛岑瀾心中有了個猜測。

難道是覺得廚房做的飯菜不好吃，她不好意思直說？

飯後，衛岑瀾去了前院。

路上，衛岑瀾問王管事。「今日王妃做了什麼？」

王管事恭恭敬敬，一五一十地回答。「……周掌櫃回去之後，就去尋那個茶葉鋪子，還到思辨街，在沂王府附近轉了一圈，找人打聽，好像是想買那塊空地。」

「嗯，若是王妃遇到麻煩，記得幫一下。」

「是。」王管事應下。

第二日晚上，衛岑瀾發現，面前的飯菜又變得跟從前一樣。

他沒說什麼，但用完膳，等下人退出去後，看著祁雲菲開了口。

「本王習慣吃那些，可妳不必跟本王一樣。想吃什麼，就吃什麼。」

他以為，祁雲菲是在討好，才故意隨著他吃。他身邊有很多人做過這樣的事。

不過，她是他的妻子，他不希望她也如此。

「妾身本就吃得不多，覺得這樣甚好。」這是祁雲菲的心裡話。

她覺得睿王府缺錢，急於為衛岑瀾做些什麼，見他在她身上花太多錢，心中很是愧疚不安。如今跟他吃得差不多，反倒安心些。

衛岑瀾打量她的神色，沒再多說了。

接下來幾日都很平靜，直到三日後，王管事過來稟報一件事，衛岑瀾才發現，自己想錯了。

「今日王妃突然讓香竹出去買了線和布。府裡明明有更好的，王妃卻沒有用。」

衛岑瀾聽了，臉色一下子變得非常難看，又有些不解。「為何這般小事都做不好，還要王妃親自吩咐下去？」

見衛岑瀾發火，王管事嚇一跳，撲通跪倒在地。「此事都怪老奴。」

衛岑瀾盯著王管事，勉強忍住怒火。「起來吧。以後仔細伺候，莫要讓下面的人怠慢王妃。」

「是，老奴記住了。」王管事站起來，看看衛岑瀾的臉色，遲疑一下，道：「王爺，老奴覺得，此事似乎另有隱情。」

「嗯？」

「不知是不是老奴多心，幾日前王妃曾試探地問過，王府每月的花銷是多少？聽老奴說完，王妃的臉色似乎不太好看。」

衛岑瀾蹙起眉，思索了一會兒。「哪日問的？」

「好像是您成親後的第三日。」

衛岑瀾回想那日發生的事，心中漸漸有了答案，吩咐道：「把吟春跟吟夏叫來。」

王管事領命出去，吟春和吟夏很快便過來了。

衛岑瀾要她們細說祁雲菲這幾日的起居，再想到定國公府的情況，印證了自己的想法，隨即盤算起來……

這日，衛岑瀾回來得早些，剛到亥時便進府，身後還跟了兩名抱著箱子的侍衛。

祁雲菲笑著迎過來，瞧見侍衛時，露出不解的神色。

衛岑瀾看侍衛一眼。「放下吧。」

侍衛把箱子放在桌上，轉身離開。

衛岑瀾走到上首坐下，侍女隨即上茶。等茶具擺好，衛岑瀾揮揮手，讓她們退下。

他喝了口茶，看著站在一旁的小妻子，說：「過來。」

祁雲菲不明所以，往前走幾步，離衛岑瀾近了些。

可是，衛岑瀾不講話，一直盯著她看。

許是離得太近，迎視衛岑瀾探究的目光，祁雲菲的臉漸漸紅起來，越來越不自在。

片刻後，祁雲菲似乎聽見衛岑瀾嘆氣，接著出聲了。

「妳覺得本王很窮？」語氣中充滿無奈。

猜測得到證實，祁雲菲微微一怔，抿了抿唇。

只是，雖然心中這麼想，她臉上卻沒表現出來。即便缺錢，衛岑瀾也不會希望被別人發現吧。

「沒有。」祁雲菲連忙搖頭。

看著小妻子掩飾的舉止，衛岑瀾又問：「那妳覺得王府很缺錢？」

戶部歸他管著，如果情況緊急，甚至可以不經過平德帝的允許，直接調動國庫。毫不誇張地說，整個大齊都掌握在他手中。

小妻子究竟從哪裡看出來他很缺錢的？

「沒有。」祁雲菲再次搖頭。

盯著小妻子的神情，衛岑瀾無奈地搖搖頭，真想撬開她的腦袋瓜子，看看裡面到底在想些什麼。

不過，他不會真的這樣做就是了。

衛岑瀾起身走到桌旁，打開其中一個箱子，看看裡面的東西，轉頭喚祁雲菲。

祁雲菲覷他一眼，邁著小碎步走過去。

「這些是京城的田產和鋪子。」衛岑瀾道。

祁雲菲瞧見一箱子房產地契，瞪大了眼睛，看看衛岑瀾，又看看箱子，久久沒能回過神來。

衛岑瀾打量她的表情，又開了另一個箱子。

「這是二萬兩銀票和帳冊。內院的事，本應在妳嫁過來那日便全交到妳手上，只是，之前內院沒有主子，前後院都是王管事管著，一時之間沒有分開。

「從今日起，帳冊交給妳。如果錢花完了，就去找王管事。」剛說完，衛岑瀾立刻改口。「算了，妳還是直接跟本王說吧。」

衛岑瀾真怕下面的人又會錯意，說錯了話，讓小妻子誤會。

聽著衛岑瀾的話，眼前是從未碰過的巨大財產，加上衛岑瀾把後院交給她的舉動，祁雲菲懵了。

許久之後，祁雲菲抬頭，愣愣望向衛岑瀾。「我……我做不來。」她從未學過如何管家，哪裡會這些。

衛岑瀾見狀，忍不住摸摸她的頭髮。「誰都有第一次，不懂的就問王管事。」

以前他就認識她了，自然知道她的能力，否則也不會把這麼多產業交給她。

小妻子唯一不好的地方，就是對自己不夠有信心。

被衛岑瀾揉了頭髮，祁雲菲感覺頭皮一麻，呆呆地凝視他。

衛岑瀾看著睜著水汪汪大眼睛的小妻子，突然意識到，這個舉動似乎曖昧了些。他想收回手，但不知怎的，手像是黏在她的頭上一樣。瞧她懵懂害羞的模樣，忍不住又揉幾下才作罷。

接著，他一臉嚴肅，若無其事地道：「把東西收起來吧。」

「哦。」祁雲菲紅著臉應下。

此刻，她哪裡還有心思在意衛岑瀾說的話，腦子已經轉不過來，心也怦怦直跳。自然是衛岑瀾說什麼，她就應什麼。

等祁雲菲把箱子放好之後再回來，衛岑瀾已經去沐浴了。

祁雲菲見衛岑瀾不在房內，鬆了口氣。不過，想起衛岑瀾剛剛摸她頭髮的樣子，臉又紅了些，心裡也有一絲愉悅。

剛剛……他為何要摸她的頭髮？

祁雲菲想著，忍不住抬手去摸，感覺髮上似乎還留有衛岑瀾的體溫，臉色更紅了。

第三十一章

不一會兒，衛岑瀾沐浴完出來。

早在他回來之前，祁雲菲就漱洗好了。此刻見他出來，連忙起身，想去服侍，卻被衛岑瀾拒絕。

衛岑瀾很快收拾好自己，吹熄屋內的蠟燭，兩人躺上了床。

閉上眼，感受著身邊人的氣息，祁雲菲有些緊張，一時之間沒睡著。一會兒之後，索性睜開了眼。

此刻，屋內漆黑一片，可不知怎的，祁雲菲感覺自己似乎能看到星星一般。

不只祁雲菲開心，衛岑瀾的心情也不錯。雖然被小妻子誤會自己很窮，可小妻子想方設法賺錢養家的樣子，甚是可愛。

從小到大，這還是第一次有姑娘覺得他弱，想要幫幫他。

別人看他的眼神，大多是崇拜的，覺得他無所不能，想求他幫忙，或者試圖從他身上得到好處。

今日這種感覺……很是新鮮，也很有趣。

本以為小妻子已經睡著，但他聽到一旁的動靜，發現她還沒睡。

既然都睡不著，不如說說話解悶。

衛岑瀾琢磨一下，開了口。「父皇和母后對我極好，父皇雖把皇位傳給皇兄，但留了不少東西給我。皇兄也厚待我，母后的嫁妝，他只留幾件當念想，其他的都給我。不僅如此，在我十五歲開府後，皇兄又賞了不少皇莊和鋪子，且皇莊還帶著田產。」

聽到衛岑瀾突然發出來的聲音，祁雲菲還以為自己在作夢，有種夢中的人突然開了口的感覺。

很快地，她發現真的是衛岑瀾在講話，便認真聽著。聽著聽著，突然發現自己的被子被掀開了。

那瞬間，祁雲菲緊張起來。

在成親那日大膽勾引衛岑瀾之後，兩人之間就沒再發生什麼了。衛岑瀾很是體貼，在床上放了兩床被子，一人蓋一床，誰也碰不到誰。

今日……衛岑瀾突然越界了。

想到即將要發生的事，祁雲菲既緊張，又……有些莫名的興奮。

感覺他的手正撫摸她的臉，祁雲菲瑟縮了一下。

「不方便？」衛岑瀾停下動作。

祁雲菲愣了下，才明白衛岑瀾是什麼意思。黑暗中，凝視著那雙彷彿看透一切的眼睛，俏臉微紅，閉上眼睛，點了點頭。

不過，因為躺在床上，即便點頭，也不太明顯。

見衛岑瀾遲遲沒再動作，祁雲菲誤以為他不知她的意思，遂睜開眼，小聲說了一句。「方……方便。」但隨即就後悔了。

她……是不是太不矜持了？正胡思亂想著，就聽耳邊傳來一聲輕笑。

祁雲菲的臉一下熱得滾燙。還好是在黑暗中，要不然沒臉見人了。

接著，又聽衛岑瀾用低沈渾厚的聲音說起來。「幾年前，我去軍中，打了幾場勝仗，得到不少好東西，皇兄全賞給我了。改天休沐，我帶妳去庫房看一看。」

熱氣噴到耳朵裡，祁雲菲渾身顫慄。

「所以，妳想吃多少金絲燕窩粥，就吃多少。妳日日吃，頓頓吃，本王也養得起妳。記住了嗎？」

「記……記住了。」

「早膳想吃什麼，就吃什麼，午膳想點幾道菜，就點幾道菜。哪怕妳一頓吃二十道菜，吃一百道菜，一輩子也吃不窮本王。」

「太……太多了……嗯……」

衛岑瀾覆上她。「之前本王從軍多年，喜歡一切從簡，習慣了。妳不必如此。」

祁雲菲說不出話，只能低低呻吟。「嗯……」

衛岑瀾想，小姑娘嘛，就應該打扮得漂漂亮亮的，吃得精緻一些，開心一些。

接下來，兩人便不再有工夫說話了。

第二日，祁雲菲一直睡到辰正才醒。

看著天光大亮，祁雲菲立刻坐起來。她竟然醒得這麼晚，連衛岑瀾什麼時候離開的都沒察覺到。

想到昨晚發生的事，祁雲菲揚起一絲微笑，咬住下唇，才沒讓自己笑出聲來。

香竹過來伺候，試探地問了一句，得到允許後，才掀開床幔。

雖然不知自家主子已在成婚當日圓房，但昨晚發生了什麼，她自然是清楚的，心裡高興極了。

「恭喜王妃。」香竹笑著說。

聽到這話，祁雲菲抿唇，對她笑了笑。

一番漱洗後，祁雲菲心情甚好地去外間吃飯。看著桌上又跟之前一樣擺了許多吃食，翹起來的嘴角就沒落下去過。

廚房的管事見自家王妃沒再說早膳太過豐盛的話，也鬆了一口氣。
府裡也才兩個主子，一個說要豐盛，另一個不讓他準備這麼多，下人著實為難啊。

吃過飯，祁雲菲就開始幹正事了。
昨晚衛岑瀾交代的活計，她可沒忘。一吃完飯，就把兩個箱子搬出來，看看各處田產鋪子的地契，又看帳本。
說實話，她還真看不太懂。
翻了一會兒之後，祁雲菲讓人把王管事請來。
祁雲菲不是不懂裝懂的人，有什麼不懂的，全問王管事了。
因為昨晚衛岑瀾吩咐過，王管事已經做好準備，一件一件回答。
祁雲菲先問了內院的事。
因為衛岑瀾沒有納妾，且之前一直待在前院，所以內院沒有主子，服侍的下人也很少，事情不多。
現在服侍祁雲菲的人，多半剛從別處調來。即便如此，也是精挑細選過的。
睿王府雖然大，卻比定國公府簡單多了。下人的賣身契全都是皇家的，絕對忠心，不用懷疑每個人身後的背景，是家生子還是外頭買來的，買來的又是不是誰的眼線？也不用擔心他們跟府中哪些管事是親戚，能不能得罪之類的。

下人的安排，王管事不到一個時辰便說完，接下來又說起廚房、採買之類的家務。用去一整日，祁雲菲粗粗把後宅的事理清楚了。

眼看天色將黑，祁雲菲問出憋了一整日的話。

「那個……王管事，王爺的喜好是什麼？」

王管事聽了，笑著說：「王爺每日卯時起床，起床後練劍一刻鐘，卯時二刻離府。中午極少回來，在宮裡或各部用膳。酉正回府。

「用完晚膳，王爺會在書房理事，或看書練字，偶爾會有客人來找王爺飲酒、下棋。王爺沒什麼特別的喜好，就是喜歡練練劍、下下棋，休沐的時候會……」

一個說得認真，一個聽得認真，都沒有聽到外面的動靜。

直到衛岑瀾出現在眼前，祁雲菲才後知後覺地發現他回來了。

見王管事還在說，祁雲菲輕咳一聲提醒他。

王管事停頓一下，正欲再說，聽到後面的聲響，側頭一看，瞧見自家主子回府了。

「見過王爺。」王管事自然地道，絲毫沒有在背後議論主子被抓住的赧然。

「嗯。」衛岑瀾應聲，面色如常，也沒有被人議論的不悅。

「老奴先退下了。」

衛岑瀾點頭，讓他出去了。

王管事了解衛岑瀾，知道哪些話可以說，哪些話不能說，所以表現得非常自在。但祁雲菲沒那麼深的底氣，想起剛剛向王管事打聽衛岑瀾的喜好，有種小辮子被抓到的緊張。

人一緊張，就容易說錯話，比如此刻的祁雲菲。

見衛岑瀾看過來，祁雲菲更加緊張，結結巴巴地說：「今日怎麼這麼早就回來？」似乎比往日早上兩刻鐘。

衛岑瀾挑眉，這是嫌他回來得太早了？難道是因為昨晚……想著，臉上不由露出複雜的神情。

見衛岑瀾用奇怪的眼神打量她，祁雲菲頓覺自己說錯了話，連忙補救。「不是，妾身不是那個意思……」

見祁雲菲紅著臉、手忙腳亂想要解釋的樣子，衛岑瀾倒是心安了些，鎮定地走到旁邊坐下，平靜地開口。

「今日朝中事情不多，所以回來得早。」

「哦。」祁雲菲應了聲。

衛岑瀾喝口茶。「今日都做了什麼？」

「向王管事問問後宅的事。」祁雲菲回答。

「嗯，可有不懂的地方？」

「還好，王管事說得很清楚。」

衛岑瀾聽了，止住這個話頭，又低頭喝茶。

祁雲菲見他沒再追問，鬆了口氣。

然而，接下來她就聽衛岑瀾說：「以後有什麼想知道的，可以直接問本王。」

祁雲菲明白，衛岑瀾還是聽到剛剛的話了，也放在心上，臉脹得通紅，吶吶地說：「嗯，知道了。」

「本王每五日休息一日，休沐時喜歡在家看書，或去京郊騎馬打獵。」

祁雲菲垂下脖子，不敢看衛岑瀾，使勁點頭。

孰料，衛岑瀾像是沒看到她動作，又多問一句。「記住了？可要本王再說一遍？」

祁雲菲連忙抬頭看他。「記……記住了。」

「嗯。用飯吧。」衛岑瀾的心情似乎非常好，語氣很是輕鬆。

但祁雲菲正緊張著，壓根兒沒聽仔細，只覺得終於有機會離開，立刻回答。「好，妾身這就去看看。」

祁雲菲說完，飛快轉身出去了。

衛岑瀾見她急著開溜的樣子，嘴角露出一絲笑意。

接下來幾日，王管事又跟祁雲菲講各府迎來送往的規矩，還有田產、鋪子的帳目。

約莫五、六日後，祁雲菲完全了解了自己要做的事。

為了好好回報衛岑瀾對她的幫助，祁雲菲很是認真，有時吃完飯後，衛岑瀾去前院理事，她便坐在屋裡看帳本。

衛岑瀾從前院回來時，還能看到她在忙。

見祁雲菲如此認真的樣子，衛岑瀾覺得非常欣慰。小妻子有事做了，不再是之前那般小心翼翼的樣子，也不會時不時露出不安的神情。

不過，如此過了幾日，衛岑瀾心裡不太舒服了。

這天，前院無事，他便留在正院，跟祁雲菲待在一處看書。

然而，半個時辰過去了，往日不時能聽到小妻子說話，這會兒卻只能聽到翻帳本的聲音。

衛岑瀾有些不習慣，瞥了祁雲菲幾眼，都沒見她回應，只好收回目光，繼續看書。

「咦？」

一會兒後，他突然聽到小妻子發出疑惑的聲音。

衛岑瀾一直注意著祁雲菲的動靜，立刻問：「怎麼了，可有不懂的地方？」

祁雲菲抬頭，有些愧疚地說：「抱歉，吵到您了。」

衛岑瀾一臉平靜。「無礙。不過，妳剛剛怎麼了？」

「妾身看帳本時，有個地方不太懂。沒關係，明日一早問問王管事就好。」

衛岑瀾打量她一眼，停頓片刻，見她要合上帳本，認真地說：「其實，後院的事，本王也盡數知曉。」

祁雲菲不笨。如果方才還搞不清楚怎麼回事，此刻看著衛岑瀾的目光，也明白了。

衛岑瀾的表情似乎在告訴她：可以問我！

只是，她還有些不確定。

衛岑瀾日理萬機，管的都是家國大事，非常忙碌。她的煩惱是小事，似乎不應該麻煩他。

「您的意思是……妾身可以問您嗎？」祁雲菲試探地問了一句。

衛岑瀾的眼神溫和許多，淡淡地應了聲。「嗯。」

祁雲菲抿唇。她本覺得自己的事情都是小事，不想問的。只是，衛岑瀾已經明確說出來，不問的話，會不會太不給他面子？

於是，祁雲菲決定問出口。

「也不是什麼大事，只是妾身有些不明白，篤行街明明比慎思街還要繁華，為何有一間鋪子的租金卻比慎思街的少？」

衛岑瀾聞言，眼神立時變了。

片刻後，就在祁雲菲以為他也不清楚時，衛岑瀾說：「妳說的可是篤行街靠近西城門的那間吃食鋪子？」

祁雲菲沒想到，衛岑瀾不僅知道，還記得這麼清楚，頗為佩服。

「對，就是那間。」

衛岑瀾望向門口，似乎又透過門口看到了別處，道：「開鋪子的夫妻姓張，約莫三十歲上下，家住京郊南屏村，上有臥病在床、不能行走的老母親，下有正在準備科考的兒子和姪子。」

祁雲菲本以為自己從前的日子已經挺慘，可聽到這樣的事，還是忍不住動容，眼眶微微濕潤。

緊接著，衛岑瀾用懷念的語氣說：「張家老夫婦一共生了兩個兒子，開鋪子的是長子，還有一名幼子，十年前死在戰場上。去戰場時，幼子剛成親，還不到三個月。兩年後，在跟敵軍的對戰中，幼子中了敵人的箭，受傷死了。」

聽到這些，祁雲菲立時對這家人肅然起敬。

「張家幼子是本王的侍衛，本王十歲時，就跟在本王身邊。」

祁雲菲睜大了眼睛。

也就是說，張侍衛跟在衛岑瀾身邊多年，是衛岑瀾的人。想必他跟衛岑瀾的感情也非常深厚，去世時，衛岑瀾不知有多麼傷心難過。

「您莫要難過了。刀槍無眼，人死不能復生。」

衛岑瀾正想著那笑容燦爛的少年，聽到這聲溫柔的安慰，看著祁雲菲眼中的難過和擔憂，不知為何，沈重的心情突然平復了些。

「嗯。」衛岑瀾輕輕應了一聲。

真心還是假意，他一眼就能看出來。

身為主子，因為地位懸殊，很多人對下人沒那麼深的感情。但面前的小妻子卻跟一般人不一樣，看得出來，她是真為這件事感到難過。

她可真善良，而且，竟然還怕他傷心……

第三十二章

那年，從戰場回來後，衛岑瀾親自去了張家。

張侍衛的母親患病多年，每個月要靠藥吊著。剛娶的媳婦歸家去了，留下遺腹子。平日兄嫂在家種地，偶爾去鎮上賣些吃食。

從前有張侍衛的月錢，張家尚能勉強餬口。如今張侍衛已死，雖能拿到一筆銀子，可日後卻沒了保障。

因此，衛岑瀾便想幫一把。

只是，給錢容易，如何維持以後的生計更重要。

找大夫替張老太太看病後，衛岑瀾便拿出一間開在篤行街的鋪子，低價租給在鎮上賣吃食的張家兄嫂。

這幾年來，靠著這個吃食鋪子，張家蓋起新院子，兩個孩子也能去學堂讀書了。

這些事，衛岑瀾本不欲多提，見小妻子似乎還沈浸在他說的往事，便道：「這對夫妻很是能幹，侍母親和姪子也好。如今他們每個月能賺幾兩銀子，除去母親的藥錢，還能替兩個孩子交束脩，手中再存些，日子越來越好了。」

祁雲菲這才鬆口氣，減輕壓在心頭沈甸甸的感覺。

衛岑瀾看看外面的天色，道：「時辰不早了，安置吧。」

「嗯。」祁雲菲應道。抬頭望向衛岑瀾時，覺得他在她心中更加高大了。

他哪裡冷漠，分明是這世上最熱心之人。

瞧著衛岑瀾的冷臉，祁雲菲似乎沒那麼怕了，忍不住說：「王爺，您可真心善。」

衛岑瀾剛剛起身，正想往內室走去，聞言停下腳步，挑了挑眉。「外人可都說本王是最冷血的人。」

祁雲菲急了。「您別信，那是騙人的。雖然您臉色冷，實則是世上最善心的人。」

從前她也覺得衛岑瀾冷心冷面，好多官員被他拉下馬。

而且，如今平德帝病重，他的兒子卻沒什麼實權，反倒是衛岑瀾這個做弟弟的執掌朝政。

她本以為，這些權力是衛岑瀾仗著比姪子年紀大搶來的。可是，越跟他相處，她越發現，衛岑瀾不是這樣的人。他似乎不貪慕權勢，而平德帝也不像是被衛岑瀾控制住的樣子。

從衛岑瀾的言談中，不難發現，衛岑瀾跟平德帝之間的感情非常好。

她的命是衛岑瀾救的，在此之前，他還幫過她許多次。

看祁雲菲急著替他辯解的樣子，衛岑瀾勾起一絲笑容，揉揉她的頭髮。「嗯。時辰不早了，去沐浴吧。」

祁雲菲俏臉微紅，輕輕應了聲。

隔日，衛岑瀾回府後，去了書房，王管事也跟著過去。

「最近王妃管家之事學得如何？」衛岑瀾問道。

王管事笑著答。「恭喜王爺！雖然王妃從前沒碰過這些，但甚是聰慧，一點就通。尤其是對外頭的鋪子和生意，有許多獨到的見解。」

聽王管事這麼說，衛岑瀾與有榮焉，臉色柔和了許多。「嗯，後院的事，全交給王妃吧，你從旁看著。若是有什麼不妥之處，你莫要插手，回頭先跟本王說。」

「是。」

衛岑瀾琢磨了一下，想起在嫁給他之前，祁雲菲似乎很喜歡打理韓家鋪子，嫁給他之後依然管著。既然她喜歡賺錢，喜歡管鋪子，不如給她機會。

「還有，四個大皇莊、田產還是由你管著。京城的幾間鋪子給王妃，賠便賠了，你不用管，改日讓那幾個管事來見見她。若有不長眼的人敢怠慢王妃，不必稟報本王，處理了就是。」

「是，老奴明白。」王管事應下。

時光飛逝，衛岑瀾成親一個月了，日子非常平靜。外院有王管事管著，內院則是交給祁雲菲。

內院的活兒少，但鋪子裡的事情多，手上突然多了十幾間鋪子，祁雲菲很是緊張忙碌。她本不想接過來，可是，看著衛岑瀾信任的目光，還是接了。

她想變得有用，想為他賺錢，想在他被靜王攆到荒涼之地前，多攢些銀子。

結果，她接下鋪子之後才發現，管事們都很能幹，根本用不著她操心。

不過，祁雲菲並沒有氣餒，絞盡腦汁去想前世後來發生的事，尤其是香竹出府去管鋪子之後跟她說過的話。

睿王府裡溫馨安寧，然而，整個京城卻不像睿王府這般平靜。

一個月前，衛岑瀾陪著祁雲菲回門，新娘互換的傳言一下子成了真，再加上近日的某個消息，京城官宦之家、豪門貴族的後宅全炸開了鍋。

「定國公府嫡出的大姑娘真跟庶出的四姑娘換了親事，四姑娘當上睿王妃，大姑娘變成靜王的妾。聽說大姑娘陪著靜王去掃皇陵，算算日子，差不多該回來了。」

「聽說是那位大姑娘主動換的，真不知道她腦子怎麼了。」

「可不是嗎，要是我生出這樣的女兒，氣都要氣死了。真是蠢貨一個，即便是靜王的正妃，也不如睿王的正妃啊，何況如今還只是小小的妾室。」

「誰知道那姑娘怎麼想的。之前看她，還覺得挺機靈，沒想到竟幹出這樣的蠢事，定國公和定國公夫人想必氣死了吧。」

「可不是。還有，那位庶出的四姑娘是祁三爺的女兒，祁三爺又是庶子，祁老夫人待他很是糟糕。現在睿王妃成了那一房的，祁老夫人更生氣了。」

「啊？祁老夫人不是最和善嗎，原來也會苛待庶子啊？」

「面上甜罷了。前些日子我還聽說，定國公想把祁三爺趕走呢。」

「妳知道的可真多，快跟我說說，還有什麼消息？」

「要說這事啊，也怪定國公。祁三爺投靠在青王門下，而青王最討厭靜王，祁三爺哪敢把女兒送入靜王府。這件事是定國公逼著他做的，要是不做，便揚言把三房趕出去。只是沒想到，自己生的女兒犯蠢，跟那庶女換了。」

「這可不是搬了石頭砸自己的腳嗎，定國公肯定後悔死了……」

說著說著，眾人又提起衛岑瀾。

「可是，睿王怎會同意這對堂姊妹互換身分呢？那個庶女，別說是當正妃，做側妃也不夠格吧？」

「我也很好奇。以睿王那種冷淡性子，應該會把那姑娘攆回定國公府吧？」

「我倒是聽說了，那女子長得甚是貌美，比定國公府的大姑娘還要好看。」又有人插了一句。

「真的？我沒見過。妳這麼一說，我也好奇了。」

「真的，我有個親戚認識定國公府的人，見過那庶女。」

「雖然如此，可睿王並非迷戀女色之人。如果是，皇后早就得逞了。」

「咳咳，慎言，莫要被人聽去。」

眾人說著說著，止了這個話頭。

不過，也有人認為這些事是祁雲菲或衛岑瀾設計的，說他倆早就認識，是衛岑瀾故意為之。

總之，各種流言都冒出來了，多半是在嘲笑定國公府的大房。

衛岑瀾位高權重，規矩又多，不輕易見人，沒人敢去睿王府一探究竟。

有女眷跟靜王妃交情好，想去靜王府探一探。

然而，靜王被平德帝斥責，還被罰去掃皇陵，靜王府乾脆關門不見客。

大家想見的人，一個也沒見到，想打聽新的消息，也沒人告訴他們。

幸好，除了睿王府和靜王府，還有定國公府！

定國公府雖然也難進，可畢竟在京城有許多親戚。所以，很多人聽說換親的風波之後，便想上門打探。

孰料，這幾日定國公府跟靜王府一樣，也閉門不見客了。

羅氏聽著外頭的傳言，氣得在屋裡摔摔打打，既恨祁雲菲，又恨外頭亂說話的人，一個個的都不讓人省心！

祁老夫人自然也聽到這些話，直接氣病了。

羅氏到祁老夫人床前服侍，被為難許多次。畢竟，這事是她女兒惹出來的，還是在她管家時發生的。

因此，羅氏在府中的權，又被二夫人張氏分去不少，可謂雪上加霜。

不過，定國公府裡，也不是所有人都不開心，比如二房。

定國公和羅氏倒楣了，祁二爺和張氏開心了。一個在外面說定國公的不是，一個在府裡瓜分羅氏管家的權。

不過，要說最開心的，不是二房，而是三房的祁三爺。

因為，人人都說，祁三爺要被封爵了！

祁三爺覺得自己的命真好，生了個爭氣的女兒。

本以為女兒入了靜王府，青王那邊定然不會饒了他，他欠承恩侯府的錢，不知何時才能還清。不僅如此，還要時時擔憂定國公把他趕出去。

沒想到，在這個節骨眼上，祁雲菲搖身一變，成了睿王妃。

青王跟衛岑瀾感情好，得知這件事情之後，那邊的人待他越來越好了。承恩侯世子非但不提還錢的事，竟然還說要借他錢，之前的帳也一筆勾銷。

至於定國公嘛……那天他譏諷了定國公幾句，定國公不但沒生氣，還好言好語。

這幾日，祁三爺又聽說禮部和吏部已經在商議給他封爵和升官的事，更加得意了。

看吧，睿王多喜歡他女兒啊，娶了他女兒當正妃不說，還要封賞他這個老丈人。

不僅祁三爺這麼認為，還有無數人也這麼認為。因為消息一出來，來巴結他的人越來越多。

這個月，是祁三爺這輩子最幸福的日子。

身為祁雲菲的親生父親，祁三爺終於有跟女兒一致的地方了，都覺得如在夢中。

最近，祁三爺連戶部都不去了，日日跟人飲酒作樂，看著從前瞧不起他的人在他面前低聲下氣，賣力地巴結他，別提多得意了。

國丈這個夢，一下子從定國公身上轉移到祁三爺身上，祁三爺有時作夢都能笑醒。

想到帶給他這些好處的人是女兒，祁三爺提筆寫了一封信給祁雲菲。
寫完後，祁三爺本打算去找最近新得的妾，想了想，轉頭去柔姨娘屋裡。
近來他對柔姨娘越來越好了，不打她，不罵她，甚至不時賞些東西。
李氏得知之後，縱然生氣，也不敢再明著做什麼。
祁雲菲那日的態度，可是深入她心。這死丫頭跟從前不一樣了，頂撞她不說，還敢跟祁老夫人、跟定國公夫人爭辯。這些事，都是她不敢做的，如今就怕死丫頭知道她虐待柔姨娘，開始對付她。
祁雲菲可是跟羅氏說過，想對付祁雲昕，想到自家兒子這半年來常常叫祁雲菲跑腿，李氏更加害怕，就怕祁雲菲對祁思恪下手，因此每日都過得小心翼翼。
而且，這些日子以來，眾人對她的態度，也讓她了解了一件事。
如果衛岑瀾能登基，祁雲菲就是皇后，祁思恪是皇后唯一的弟弟，到時候要什麼前途沒有，何必現在得罪她？
這日，祁雲菲正看著帳簿，聽香竹說祁三爺寫信給她時，臉色一下變了。
看完信，她的心情頓時變得非常糟糕，順手把信燒了。
上次她聽柔姨娘說過祁三爺要封爵的事，本想問問衛岑瀾，但思來想去，仍沒敢問出口，怕他以為她在替父親討封賞。

過了幾日，見外頭沒什麼動靜，她便以為這事是假的了。

孰料，她想錯了。

信上說的很簡單，無非是讓她好好服侍衛岑瀾，吹吹枕邊風，要衛岑瀾封個侯爺、國公之類的給他當當。

這樣的信，前世不知道收了多少，她閉著眼都能背出來。

盯著燒剩的餘燼，祁雲菲眉頭緊鎖。

看來，有些事要跟衛岑瀾說一說了。

第三十三章

衛岑瀾每日都很忙，但不管再忙，晚上都會回來。不過，有時候太忙了，晚飯不在府裡吃。

也是巧了，這天衛岑瀾一直在戶部忙著商議賑災的事，亥時才回來。

祁雲菲坐在外間等他，睏得打瞌睡時，終於聽到外面傳來的請安聲，立時驚醒，從榻上站起來，整理一下衣裳，快步迎出去。

衛岑瀾踱進院中，就看到一個麗人從屋裡趕出來，見她僅著單衣，步子加快了些。

兩人走到迴廊處，衛岑瀾道：「夜深了，外面冷，怎麼不披一件衣裳？」

聽到衛岑瀾如此關心自己，祁雲菲抿唇。「妾身太著急了。」

「進去吧。」衛岑瀾沈聲道。

「嗯。」祁雲菲應了。

進屋後，祁雲菲服侍衛岑瀾，把外面的衣裳脫下來，心裡想著該如何開口。

雖然依她猜測，封爵的事多半是真的，但仍舊不能完全確定。

如果一切只是傳言，她貿然提起，會不會被衛岑瀾誤會，以為她想為娘家牟利？可若是真的，萬一衛岑瀾不跟她說一聲，就給祁三爺封了爵……

以衛岑瀾對她的照顧，祁雲菲覺得，他未必幹不出這種事。

糾結許久，祁雲菲還是開口了。「王爺，我……」

她剛開個頭，奴僕便抬著熱水進來了，這才發現自己光顧著想這些，忘了剛剛吩咐人去廚房抬水的事。

她想說的畢竟不是小事，這會兒提似乎不太好，遂不再多言，打算等衛岑瀾沐浴完再說。

「何事？」見祁雲菲不問了，衛岑瀾反倒有些好奇。

祁雲菲看看衛岑瀾，道：「也沒什麼大事，您先沐浴吧。」

衛岑瀾仔細盯著祁雲菲的臉色，點點頭。「嗯，也好。」便去裡間了。

等衛岑瀾沐浴出來，祁雲菲站起身，殷勤地接過他手中的帕子，幫他擦頭髮。

起初，衛岑瀾想拒絕，慢慢地，便不抗拒了。

衛岑瀾坐在床上，祁雲菲站在一旁。等她擦了一會兒之後，衛岑瀾接過帕子，自己擦了擦。

「有事？」衛岑瀾放下帕子問道。

從他回來後，就覺得祁雲菲有些不對勁。這會兒看著她的反應，感覺應該是發生了大事。

不過，再大的事情也沒什麼可怕的，他總能解決。

祁雲菲抿了抿唇，看向衛岑瀾。

打量祁雲菲的表情，衛岑瀾越發覺得事情可能不小，見她雙手緊緊絞著帕子，便出聲安撫。

「妳莫要怕，直接跟本王說無妨，本王會替妳做主。」

他的王妃，他還護不住不成？

許是這句話給了她勇氣，祁雲菲深深呼出一口氣，小聲說：「確有一事。」

「嗯？」

「我……妾身聽……聽外面說……」祁雲菲結結巴巴，仍沒能說出來。

衛岑瀾見狀，握住祁雲菲的手，把她拉到懷裡。

祁雲菲沒料到衛岑瀾會有這樣的舉動，直到坐在他的腿上，才反應過來。

她想起身，然而使了勁，卻沒能掙脫。瞧著衛岑瀾似是有些不悅的眼神，索性不再掙扎。

「怕什麼？有什麼直說便是。天大的事，也有本王給妳兜著。」衛岑瀾凝視著祁雲菲，認真說道。

迎視衛岑瀾充滿信任的目光，感受腰間大掌上傳來的溫熱，祁雲菲紅著臉開了口。

「妾身聽說，皇上要給我父親封爵？」

衛岑瀾沒料到祁雲菲會跟他說這件事情，詫異地挑眉。

方才看她焦慮害怕的模樣，他還以為她遇到困難，沒想到居然是為了這件事，這有什麼可害怕的？

「確有此事。」衛岑瀾道：「自從妳嫁給本王那日起，皇上便打算幫妳父親封爵，暫時定了子爵。」

按照平德帝的意思，封個侯爵才算不丟臉，勉強配得上自家弟弟。然而，定國公還在，府裡的嫡次子也無爵位，若是貿然封庶子為侯爵，恐怕說不過去。但封伯爵的話，又太低了。

平德帝覺得此事難辦，便交給衛岑瀾安排。

衛岑瀾並不在意妻族究竟是伯爵還是侯爵出身，他在意的，是祁三爺配得上哪一等爵位。

結果，調查一番之後，衛岑瀾覺得封伯爵都太過，封個子爵就差不多了。

只是，妻子的臉面不得不顧，且經過一個月的相處，他對她越發滿意，覺得子爵低了些，怕她心中不舒服，怕旁人嘲笑她。

可是，祁三爺無德無才，封為伯爵，似乎有些高了。

因此，這件事便暫時擱置。

衛岑瀾看著坐在懷裡的妻子，心想，若是她想求他替祁三爺升個爵位，也不是不可以。侯爵太高，但封伯爵還是行的。

瞧著衛岑瀾的眼神，祁雲菲的臉漸漸紅起來，鼓足勇氣問道：「皇上為何要封妾身的父親？」

如果是為了衛岑瀾的臉面，她就不好說什麼了。

然而，衛岑瀾告訴她。「因為妳是本王的王妃。」

一聽父親的爵位真的是因為自己而來，祁雲菲雖然緊張，但眼神堅定了許多。

下一瞬，她使勁掙開衛岑瀾，站在他面前，接著撲通一聲跪下。

「王爺，妾身想求您一件事情。」

衛岑瀾看著祁雲菲的頭頂，目光微動。「妳是本王的王妃，不必跟本王如此生分。若是覺得子爵低了，還可以提一等。」

孰料，祁雲菲突然抬起頭，認真地說：「妾身求您，不要給我父親任何爵位。」

衛岑瀾沒想到會是這種答案，難得露出詫異的神色。「為何？」

祁雲菲堅定而決絕地說：「因為他不配！」

正如祁老夫人所說，在大齊，女子在夫家的地位，取決於娘家的勢力，是以都希望娘家繁盛。失了娘家庇佑的女子，在夫家多半難熬。若是夫家良善，還能善待她；若是夫家勢利，女子要麼受盡屈辱，要麼被休棄。

祁雲菲本也是這樣的女子。然而，重活一世，她認清了現實。

定國公府從來不是她的依靠，裡面的人只想著從她身上得到好處，卻未曾幫過她。

跟祁雲昕交換親事的風波，讓她徹底心涼。

他們為了自己的利益，絲毫不顧及她的性命，那她為何還要聽命於他們？定國公府再繁盛，也跟她沒有任何關係。

回想這兩世定國公府對她做過的惡行，她不報復已經是善良，絕不會再幫他們。

哪日定國公府倒了，那才好呢，她就可以毫無顧忌地救走柔姨娘。

可是，若衛岑瀾因此休棄了她，她……

一想到這種可能，祁雲菲突然覺得心有些疼，遂抬手摀住胸口，但心意卻是越發堅定了。

真被休棄，她便帶著柔姨娘遠走高飛。

想到這些，祁雲菲垂頭說道：「我父親吃喝嫖賭，無惡不作，不配為官，更不配接受朝廷封的爵位。」

聽到這個理由，衛岑瀾很是震驚，同時又有些欣喜，審視跪在地上的妻子，越看越覺得滿意。

下一瞬，衛岑瀾彎腰，一把拉起她，將她重新攬回懷裡。

祁雲菲驚呼一聲，還沒反應過來，就坐在他的腿上了。

看著祁雲菲驚訝的眼神，衛岑瀾抬手，用略帶薄繭的拇指摸摸她的臉，柔聲道：「地上涼。」

為人子女說父親的不是，是不孝的。而且，在夫家承認自己父親的惡行，也非常需要勇氣。

瞧著衛岑瀾目光裡的疼惜，祁雲菲的眼眶一下子紅了起來。

有那麼一瞬間，她真的害怕衛岑瀾會因為父親的事情厭棄她，也怕他因為這些不孝的話對她不喜。

可是，她更害怕祁三爺那樣的人被朝廷重用。

若不是因為她被重用，她還沒那麼怕。萬一是因為她，她真的會驚恐憂懼。

祁三爺仗著定國公府的勢力就胡作非為，四處欠債，若是有了爵位，還不知會犯下何等大錯。

屆時，會有更多的人因他倒楣，讓她寢食難安。

「對不起，妾身的父親……」說著說著，祁雲菲有些哽咽，落下眼淚。

衛岑瀾多好啊，行事磊落，善待下屬，總是幫著她。

可身為他的妻子，她不僅無法替他分憂，還處處幫倒忙，娘家也淨是丟人的東西。她，愧對於他。

衛岑瀾抬手抹去祁雲菲臉上的眼淚，柔聲說：「哭什麼？那是妳父親做的錯事，與妳無關，莫要把這些事算到自己頭上。」

祁雲菲聞言，吸了吸鼻子，道：「妾身就怕他在外面仗著您的勢做壞事，若是可能，您把他的官職撤了才好。」

衛岑瀾第一次聽說有女兒不希望自己的父親封爵，也是第一次見到不想為娘家謀利益的姑娘。

瞧著平日裡甚是溫和的妻子試圖露出凶狠的神情，衛岑瀾沒忍住，笑了出來，又見她眼眶濕潤，鼻子紅紅，茫然看著他的模樣，頓覺心癢，低頭親上去。

許久後，衛岑瀾鬆開祁雲菲，盯著她殷紅的嘴唇，伸手摸了摸。

直到被衛岑瀾放在床上，祁雲菲也沒明白，事情怎麼突然變成這個樣子？她不是在說祁三爺的事情嗎，怎麼說著說著就上了床？

不過，接下來，她便沒工夫去思考這個問題了。

第二日一早起來，祁雲菲甚是懊惱。

昨晚纏綿後，她本想再問問衛岑瀾，可惜自己不爭氣，累極睡去，根本沒力氣問。衛岑瀾上朝去了，不知他如何打算，究竟會不會替祁三爺封爵？

可是，她終究做不了主，遂不再去想了。

如今，她每日管家，要忙的事很多，鋪子、採買、各府的人情，都需要安排。等所有的事情忙完，已經快到中午。

午後，周掌櫃上門見她。

「王妃，沂王府旁邊的地，小的已經買下來。這是地契。」

祁雲菲驚訝地問：「這麼快？」一邊說著、一邊接過周掌櫃手裡的地契，看看位置和大小，很是滿意。

周掌櫃道：「小的未透露自己的身分，只是，官爺不知如何得知是您要買，很快就幫小的辦好了。」

祁雲菲點頭，她相信周掌櫃的人品，也相信他真的沒透露。只是，她同樣也相信衛岑瀾的本事，她的一舉一動，想必他都清楚，也知曉周掌櫃是她的人。

周掌櫃見狀，又問：「您打算什麼時候去蓋鋪子？」

「現在。」祁雲菲道：「若我沒記錯，這塊地附近有鋪子吧？咱們也蓋幾間。」

周掌櫃有些遲疑，不過什麼都沒說，應了下來。「好。」

接下來，祁雲菲問起那些鋪子的生意，與周掌櫃商議一番，定好蓋什麼樣的鋪子。

只是，還有一個問題。

祁雲菲在外面能用的人，只有周掌櫃一個，周掌櫃還要管著韓家鋪子，蓋新鋪子的事，就不能再交給他。

祁雲菲正想著呢，周掌櫃也問了同樣的話。「如果小的去打理思辨街的事，恐怕就顧不上韓家鋪子了。」

祁雲菲皺眉。「嗯，你留在韓家鋪子就好，此事我找旁人去辦。」

「是。」

周掌櫃走後，祁雲菲把王管事請過來。

如今，她手上沒人，只能吩咐王管事。而且，這鋪子賺的錢，她本就打算貼補睿王府，以後去南邊時好用，便沒那麼糾結了。

王管事跟周掌櫃不同，畢竟在睿王府管家多年，做事非常老練，聽祁雲菲說幾句，即把此事理得清清楚楚，立刻派人去辦。

王管事走後，祁雲菲還覺得有些不真實。

她萬分為難的事，在王管事口中，卻是異常簡單，一下子就解決了。

第三十四章

此刻，衛岑瀾正在宮裡。

平德帝聽了衛岑瀾說的話，詫異至極。「只封祁三為子爵？這太低了，不妥！」

衛岑瀾解釋。「皇兄，當初這門親事是跟定國公府結的，如今定國公還在，祁二也沒有爵位，貿然把庶子的爵位封得太高，必定會讓定國公不喜，也傷了兩邊的和氣。」

平德帝聽完，依舊沒有應下。「不成。說出去，你臉上無光。」

衛岑瀾道：「臣弟的妻子出身定國公府，定國公府便是她的娘家，至於祁三是何爵位，無甚關係。再說了，臣弟不需要她有多好的家世，她是臣弟的正妃，這就夠了。」

平德帝抬頭看他，突然想到了一點。

「要給祁三封爵的事，早就傳出去，想必你的王妃也知曉了吧？你封得那麼低，她心裡會怎麼想？」

聽平德帝提起小妻子，衛岑瀾臉色柔和了些。「昨日臣弟夫妻商議過此事，她已經答應了。」

平德帝故意道：「也是。你是王爺，縱使她心中不滿，也不會說出來。」

衛岑瀾聽了，並未多做解釋。如果他說這是祁雲菲提的，外人在覺得她深明大義的同時，難免會覺得此舉犯蠢，而祁三爺也會因此恨上她。他不想讓她難做人，乾脆一力承擔。

「罷了，既然你已經決定，那就這樣吧。不過，他的官職是不是要升一下？」

「不必。不僅不升，臣弟還打算革去他在戶部的官職，把他調到工部。」眾所周知，大齊的戶部是個肥差，工部卻毫無油水，沒人喜歡去。官位看起來一樣高，實則是降了祁三爺的職。

這下子，平德帝震驚了。

「你不是挺喜歡你的王妃嗎，當初還非得讓她當正妃，怎麼不願照拂她娘家呢？提拔她父親，不就是給她臉面？岑瀾，如果你真的喜歡她，這樣做，恐會惹她不悅。」

平德帝不解，方才從衛岑瀾的話中，不難聽出，他極看重祁雲菲。既然看重，再這般行事，就很不妥當了。

平德帝追問，衛岑瀾不得不解釋。「皇兄怕是不了解，祁三不堪大用，仗著定國公府的勢力，做了不少壞事。」接著，揀了幾件重要的事細說。

平德帝聽完，嘆了口氣。「真是委屈你了，有這麼個岳父。只是，祁三畢竟是你岳父，這樣做真的好嗎？世人不知會如何說你，如何說你的王妃。」

衛岑瀾道：「無礙，臣弟行得正，坐得端。」

見衛岑瀾執意如此，平德帝沒再說什麼，伸出食指指著他。「你啊，脾氣還是那麼倔，眼裡容不得沙子。朕不管你了，想怎麼做，就怎麼做吧。只是，睿王妃那邊，你可要哄好了。朕希望你跟王妃能夠和和美美的，早日生個兒子。」

衛岑瀾聞言，臉上難得露出一絲羞赧。「嗯，臣弟盡力。」

平德帝盯著他，笑了起來。「哈哈，好，那你最近別那麼忙了，把手上的事分給下面的人去做，多空出一些工夫陪你王妃。」

衛岑瀾抿了抿唇，沒說話。

平德帝自是瞧出衛岑瀾的窘迫，道：「好了，你回去吧。」

「是，臣弟告退。」

過了幾日，祁三爺被封為子爵，調任工部。

封爵本是一件天大的喜事，畢竟，祁老夫人不喜歡祁三爺，定國公也不喜歡這個庶弟。等祁老夫人一死，定國公分家，祁三爺就什麼都不是。

然而，這爵位竟然比傳聞中低許多不說，祁三爺的官職也變了，工部那個差事，不過是坐在部裡喝茶，什麼油水都撈不到。沒了戶部的肥缺，這爵位也就是表面光鮮罷了，內裡什麼好處都沒撈著。

全京城都知道睿王妃是怎麼上位的，猜測衛岑瀾許是極喜歡祁雲菲，才會讓她成為正妃。

因此，所有人都在等著衛岑瀾封自己的岳父。到底真喜歡還是假喜歡，看看衛岑瀾對祁三爺的封賞就知道了。

沒想到，祁三爺並沒有得到傳聞中的侯爵或伯爵，只是子爵。雖然子爵也是爵位，但跟前兩者相比，相差甚遠。

看到這個結果，眾人有些明白衛岑瀾對岳父的態度了，也察覺到衛岑瀾似乎並沒有大家想的那樣看重祁雲菲。

如此一來，之前巴結祁三爺的人，漸漸沒那麼熱情，一直不敢說祁三爺不是的人，也開始嘲笑他。

見大家對他不似以往殷勤了，祁三爺氣得三天沒出府。

祁三爺思來想去，覺得問題出在蠢笨懦弱的女兒身上。明明都已經嫁給衛岑瀾，居然還是這麼不中用，不知道哄一哄、求一求自己的丈夫。

之前已經有傳聞，說他至少會當個伯爵，卻突然出了變數。說不定，那蠢丫頭還幫了倒忙！

祁三爺越想越生氣，提起筆來，寫信給祁雲菲。

快吃晚飯前，祁雲菲收到了祁三爺的信。

讀著信，祁雲菲臉色越來越難看，拳頭緊緊握起來。

她這個父親，當真是不知分寸。今生得了爵位，不知好好珍惜，竟然還寫信，嫌她沒有好好籠絡衛岑瀾。薄薄一張紙，上面有大段篇幅在罵人，最後幾行不罵了，吩咐她求衛岑瀾給他升爵。

祁雲菲氣了一會兒，心想祁三爺倒也沒說錯。她是求了衛岑瀾，可惜求的是讓衛岑瀾不要給他爵位。雖然衛岑瀾沒全部聽她的，但也降了他的爵。

如此說來，她也的確是幫了忙。

這般一想，祁雲菲突然笑起來，也不覺得祁三爺的話噁心了。

想到祁三爺沒了戶部的官職，只能去工部那種清水衙門，祁雲菲更加開心。

衛岑瀾進來時，祁雲菲還拿著信笑，瞧見他，連忙把信塞進榻上藏起來，迎上去。

衛岑瀾假裝沒看到妻子的動作，不動聲色地走近她。

「今日做了什麼？」衛岑瀾柔聲問。

「也沒做什麼，就打理府中的事，然後見外面鋪子的幾個管事，問問沂王府附近鋪子的生意。」祁雲菲回答。

「嗯，可有難處？」

祁雲菲搖頭。「沒有。」

衛岑瀾點點頭。「對了，妳父親的爵位下來了，封子爵，從戶部調到工部。」

「您看著安排就是，妾身沒有意見。」

衛岑瀾聽了，仔細端詳她的臉色，見她沒有任何不悅的神情，便放下心。

兩人說完話，祁雲菲抬頭看看天色，出了房間，吩咐廚房上晚膳了。

衛岑瀾坐在榻上喝茶，王管事來了，說有事稟報。

聽王管事講完，衛岑瀾覺得有些不好辦，趁著此刻還未用膳，可以先去處理。

他正欲起身去外院，突然有張紙隨著他的動作掉下來。

衛岑瀾停下腳步，看看掉在地上的紙。若他沒料錯，這應該是方才祁雲菲塞到榻裡的，便拾起來。

他不是個好奇心重的人，也不願窺探妻子的秘密。然而，撿起時，眼角餘光不小心瞥到幾個詞，臉色隨即變了。

他拿著信紙，轉身坐回榻上。

看完信，衛岑瀾沈著臉吩咐王管事。「你先回去，本王吃完飯再去前院。」

王管事退下，衛岑瀾又把信仔細讀了一遍，臉色越發難看。想著祁雲菲快回來，遂把信塞回榻裡。

沒過多久，祁雲菲進房，剛剛還聽吟春說衛岑瀾要去前院理事，沒想到一進門，就瞧見衛岑瀾仍舊坐在榻上。

「咦？您沒去前院嗎？」祁雲菲疑惑地問：「還是事情已經辦好了？」

「嗯，那件事不重要，吃完飯再去。」衛岑瀾簡單地解釋。

祁雲菲笑了。「嗯，那咱們吃飯吧。」

衛岑瀾抬頭看她，見她臉上仍帶著笑，想起信上的字句，沈聲道：「好。」

吃飯時，衛岑瀾不時打量祁雲菲，見她始終微笑著，絲毫未提祁三爺寫信來的事，心情更差了。

飯後，衛岑瀾去了前院。

忙完回到內院，他掃榻上一眼，發現壓在下面的信已經不見了。

「見過王爺。」吟春上前行禮。

「王妃呢？」

「王妃在沐浴。」

聽到這話，衛岑瀾坐上榻，道：「本王問妳，定國公府的人經常寫信給王妃嗎？」

吟春想了想，回答。「並沒有，只來過兩封信。」

「哦？什麼時候？誰送來的？」衛岑瀾追問。

「六日前來過一封，今天也有一封，都是王妃的父親派人送的。」

衛岑瀾聞言，思索起來。若他沒記錯，祁三第一次送信時，便是祁雲菲求他不要替祁三封爵的時候。

想到祁雲菲那日的表現，衛岑瀾嘴角勾出一絲笑容。

第一封信，定是求祁雲菲幫忙封爵的事吧？沒想到她不僅沒向他求情，還反過來幫倒忙。祁三心中不滿，寫信罵人，還要她再去說些好話，替他升爵。

癡人說夢。

衛岑瀾冷笑。這輩子，祁三別想升爵位了。

這時，衛岑瀾聽到裡間傳來動靜，立刻看向吟春，壓低聲音交代。「妳先下去吧。記住了，此事不要告訴王妃。」

「是。」吟春退下。

最近，衛岑瀾經常晚歸，所以祁雲菲沐浴時很隨意，出來時只著裡衣。等收拾好，再套上外衣。

今日，她正好洗了頭髮，先在裡間讓香竹幫她擦得半乾。出來時，長長的頭髮披在身上，小小的臉蛋紅通通、粉嫩嫩的。

她不知道衛岑瀾已經回來了，邊走邊跟香竹抱怨。「哎，我這頭髮實在太長、太厚，每次洗頭髮，都像是跟人打了一架似的，太累了。」

香竹捧著下面的髮絲，以免滴水，笑著說：「王妃的頭髮好，又黑又亮，不知道多少人羨慕您呢。」

「平日看著是好，等到洗頭髮時，就知道難處了。這麼長，不知什麼時候才能乾。」祁雲菲的語氣裡充滿了無奈。

「放心，奴婢幫您擦，保准在王爺回來前弄乾。」

「不用，我……」祁雲菲說著，突然察覺不對勁，轉頭一看，見衛岑瀾正站在不遠處看著她。

想到身上只穿了裡衣，祁雲菲立刻緊了緊領口。

看著小妻子臉色微紅，滿臉緊張的模樣，衛岑瀾走來，拿過香竹手中的帕子，對屋內服侍的人說：「都退下吧。」

香竹應是，走前看祁雲菲一眼，臉上露出一絲笑容。

房裡只剩衛岑瀾和祁雲菲了。

「坐下。」衛岑瀾命令道。

祁雲菲緊緊抓住領口，咬了咬嘴唇，一副不知所措的模樣。

衛岑瀾見狀，無奈地搖搖頭，率先坐了，然後扯祁雲菲的手，讓她坐在他懷裡。

「無須遮掩。妳身上哪裡本王沒見過？」

祁雲菲的臉一下子脹得通紅。

衛岑瀾似乎心情不錯，拿起帕子，幫她擦頭髮。

感覺到衛岑瀾的動作，祁雲菲連忙下來，惶恐地說：「使不得。」

衛岑瀾看看手中的帕子，又看看站在身側的小妻子，道：「如何使不得？妳我本是夫妻，妳為本王擦頭髮，本王自然也要幫妳擦。」

「那……那不一樣。」

「怎麼不一樣了？」衛岑瀾瞥向旁邊的位子。「坐下。」

祁雲菲沒動。

「怎麼？想換個地方坐？」衛岑瀾說罷，拍拍自己的腿。

祁雲菲羞得不得了，趕緊坐在衛岑瀾的身側。

衛岑瀾的表情似乎有些遺憾，拿起帕子，繼續幫她擦頭髮。

祁雲菲的頭髮，正如她所說，又長又厚，雖然剛剛從裡間出來時，已經擦得半乾，可這會兒，裡衣早已被浸得濕透了。

衛岑瀾捧起她的頭髮，瞧見若隱若現的紅色肚兜，想到肚兜下的風光，頓時覺得喉間有些緊。

祁雲菲不知曉衛岑瀾的心思。這是第一次有男子為她擦頭髮，雖然一開始極為害羞，現在卻覺得甚是歡喜。白日因祁三爺信中謾罵而起的不愉快消失殆盡，此刻心中只有身邊的男人。

他待她真的極好，若這是一場夢，她希望自己永遠都不要醒過來。

從上擦到下，又從下擦到上，裡衣單薄，領口又鬆，衛岑瀾把該看的和不該看的都看完了。

換掉三條帕子，花了兩刻鐘左右，衛岑瀾終於把祁雲菲的頭髮擦乾。

祁雲菲摸摸乾透的頭髮，對衛岑瀾抿唇。「謝謝您。累著了吧？」

衛岑瀾正欲起身，看著這張嬌豔欲滴的臉，認真地問：「打算如何謝我？」

祁雲菲愣了一下。「妾身不知。您覺得呢？」

看著小妻子懵懂的樣子，衛岑瀾覺得自己已經忍了夠久，抬手撫摸她嬌嫩的小臉，啞著嗓子道：「不如就現在吧。」

祁雲菲眨眨眼，立時羞得低了頭……

第二日醒來，祁雲菲感覺甚是疲憊。

昨晚衛岑瀾講什麼，她幾乎都不記得了，只記得在迷糊中聽到他說：「這長髮極好，本王很喜歡。」

想到那時的繾綣，祁雲菲的臉漸漸紅了起來。

第三十五章

祁雲菲心情很好，可有人心情卻不好。

下朝後，衛岑瀾去了工部，直截了當地問：「祁大人呢？」

然而，祁三爺仍舊非常生氣，不滿如今的官職，所以沒到工部應卯。

工部的人都知道祁三爺的身分，連忙笑著回答。「許是身體不舒服，祁大人今日未來工部。」替祁三爺找了藉口。

畢竟祁三爺是衛岑瀾的岳父，即便如今降職，可身分擺在那裡，沒人敢明著得罪。

「把他叫過來。」衛岑瀾沈著臉吩咐。

他身邊的侍衛應聲，去了定國公府。

見衛岑瀾的臉色不好看，工部的官員戰戰兢兢，不明白發生了什麼事。

另一邊，祁三爺聽侍衛說，衛岑瀾親自去了工部，很是害怕。不過，想到衛岑瀾如今是他的女婿，心中的擔憂一下子去了大半。

昨日他寫信給祁雲菲，難道是她的枕頭風有了效果？衛岑瀾是來道歉的？

祁三爺越想，越覺得有可能。他好歹是衛岑瀾的岳父，算是長輩，遂故意磨磨蹭蹭許久，才隨侍衛去了工部。

祁三爺甫一出現在工部，衛岑瀾便讓其他人退下了。

廳內只剩他們，衛岑瀾坐在上首，面無表情地說：「若是不喜工部的差事，就永遠待在家裡，不用出來了。」

一聽這話，祁三爺臉上徹底沒了笑，撲通一聲跪在地上。

但衛岑瀾的話還沒完，瞥著跪在地上的祁三爺，冷冷地說：「子爵是不是太高了？如果覺得高，可以跟本王講，本王不介意勸皇上收回爵位。」

祁三爺嚇得渾身發抖，再也不敢托大，哆哆嗦嗦地說：「王……王爺，微臣不敢。微臣只是身子不適，在家休養幾日。」

聽到這個解釋，衛岑瀾站起來，往外面走去，經過祁三爺身旁時，停住腳步。

「菲兒是本王的正妃，若本王再發現你對她不敬，你也不用待在京城了，趁早滾回北郡老家。」

祁三爺暗驚，終於明白衛岑瀾為何這麼對他了。衛岑瀾在京城的名聲著實不佳，又位高權重，向來說到做到，若是生氣了，未必不會把他趕出去。

祁三爺嚥了嚥口水，儘量讓自己抖得沒那麼厲害。「是……微臣再也不敢了。」

看著哆嗦不停的祁三爺，衛岑瀾冷哼一聲，甩甩袖子，負手離開。

出去時，衛岑瀾看了站在門口候著的工部尚書一眼。

「工部雖不如吏部跟戶部事多，好歹也是六部之一，大人就是如此縱容下屬的？」

聽到衛岑瀾的指責，工部尚書額頭直冒汗，心想裡面那位可是衛岑瀾的岳父，他哪裡敢管啊，卻沒敢說出來。

「王爺說的是，是下官失職。」

「不管對方是誰，都是工部的官員。朝廷不養閒人，把你們招進來，不是當擺設的。要是本王再聽說有誰無故不來，不做正事，那便永遠不用來了。」

工部尚書聽到這番話，心中有數了，連忙應下。「下官知曉。」

癱坐在地上的祁三爺頓覺心涼。他這哪裡是得了個女婿，分明是個閻王。

想到這多半是他那個好女兒吹的枕頭風，祁三爺氣得牙癢癢。然而，即便再氣，他也不敢拿祁雲菲怎麼樣，只能打落牙齒和血吞。

衛岑瀾離開工部後，去了戶部。雖然賑災銀錢已經發下，但後面還有很多事要做。

他還沒走到戶部呢，就見幾個人迎面走來。

「小叔！姪兒終於找到您了。」青王笑著招呼。

衛岑瀾已有一個月沒見著最親的姪兒，此刻看到他，心情平復了些。

「嗯，找本王有何事？」衛岑瀾的臉色稱得上和煦，語氣也非常溫和。

見衛岑瀾心情好，青王道：「哎呀，您成親那日，姪兒沒見著嬸嬸，剛被放出來，就趕緊來找您了。中午姪兒跟您去王府如何？好好向嬸嬸問個好。」

說起來，青王也是不容易。

衛岑瀾大婚那天，他上睿王府吃酒，吃著吃著，不知怎的，就跟榮華長公主的長子打在一起了。

那少爺向來與靜王交好，對青王很是不敬。而青王向來討厭靜王，下手便沒留情。

榮華長公主是個喜歡告黑狀的，見兒子吃虧，下午便進宮找平德帝。

偏偏，青王最大的靠山衛岑瀾不知在何處，所以當晚便被禁足了。

本來只禁足三日，但不知誰把他養男寵的事告訴平德帝，三日的禁足就變成了一個月。

後來，他偷偷跑出來，有人瞧見向平德帝稟報，結果禁足的日子又延長了。

最近，外面發生很多新鮮事，頭一件就是衛岑瀾的親事。所以青王一出來，便趕緊來找人了。

衛岑瀾的心情本來已經平復，聽見青王的話，臉色又漸漸沈下去。他的記性向來好，到現在還記得跟祁雲菲第一次見面時的情景。

那時，青王的手下想綁走身著男子衣裳的祁雲菲。

一想到當時的危急，衛岑瀾剛剛壓下的怒氣又蹭蹭蹭漲上來，甚至更大了。

「現在還不到未時，你就想跑了嗎？本王把你放到兵部，是要你學著辦差，沒讓你天天瞎混，趕緊滾回去！再讓本王知曉你偷溜，禁足一個月！」

聽著衛岑瀾的訓斥，青王一頭霧水。他不是一直都這樣嗎，從前怎麼沒見小叔管著他啊？

「小叔，我只是想看看小嬸嬸。今日不去，明日也成嘛。」

這話一出，衛岑瀾的臉色更難看了。只是，之前的事，他不好直說，畢竟有損自家王妃的名聲。

於是，衛岑瀾使勁壓下火氣，道：「最近兵部事情多，你好好學。本王忙著賑災，無暇招待你，沒要緊的事，別往睿王府跑，有事在朝堂上說便是。」

衛岑瀾說完，吩咐身側的侍衛。「送青王回兵部，看好他，不到時辰不許出來。」

「是。」

青王徹底傻眼了，伸手想拉住衛岑瀾，卻被兩名侍衛架起來。

見拉不住人，青王大聲吼道：「小叔，我可是您親姪兒，您不能這麼對我啊！小叔，別走啊！」

不遠處的院子裡，聽到青王的叫聲，工部尚書突然覺得鬆快許多。原來衛岑瀾不僅對他如此，對親姪兒也一樣嚴格嘛。

連青王這等身分的人想見祁雲菲，都被衛岑瀾拒絕了，遑論他人？

所以，那些對祁雲菲好奇的人家，只能硬生生憋著了。睿王府的門檻實在太高，他們壓根兒邁不過去。

青王邁不過去，但有人能邁過去啊。

隔日，祁雲菲收到榮華長公主的帖子。

榮華長公主是平德帝的妹妹，也是衛岑瀾的姊姊，嫁給成威侯。

祁雲菲有些出神。這是她嫁給衛岑瀾之後，收到的第一張帖子。

榮華長公主一直很看重靜王，前世沒少給靜王妃下帖子，她偶爾會跟著靜王妃去。

如今身分不同，榮華長公主也給她送帖子了。

晚上，衛岑瀾回來後，祁雲菲把這件事告訴他。

「榮華長公主下了帖子，邀妾身去參加三日後的詩會，您覺得妾身要不要去？」

想到榮華長公主的性子，衛岑瀾幾不可查地皺了皺眉，很快又平靜下來。

「去不去都行，想去便去，不想去也不用去。如果妳覺得待在府裡無趣，可以出門瞧瞧。」

縱然不喜歡出去應酬，也知道外面有很多人想看她的笑話，但榮華長公主畢竟是衛岑瀾的姊姊，祁雲菲怎會不給這個面子。

「嗯，那妾身就去吧。」

衛岑瀾點頭。「不過，我這個姊姊年紀大了，脾氣不好，人也有些糊塗，若是說了什麼，妳不必放在心上。」

祁雲菲沒想到衛岑瀾對榮華長公主的印象是這樣的，點頭應下，心情沈重起來。

轉眼間，詩會的日子要到了。

這是祁雲菲第一次出現在眾人面前，前一日晚上，她有些緊張，躺在床上翻來覆去，睡不著覺。

起初，衛岑瀾只以為她是白日睡得多，抑或喝了茶才這樣。但是，當祁雲菲嘆了幾次氣後，便察覺到不對勁。

仔細回想近日王管事的稟報，以及祁雲菲晚上跟他說過的話，衛岑瀾猜出了原因。

「可是因為明日的詩會？」衛岑瀾問道。王管事說，這兩天祁雲菲似乎看了不少關於詩詞的書，而且今晚向他打聽了榮華長公主府的事。

突然聽到衛岑瀾的聲音，祁雲菲嚇一跳，在黑暗中忍住想再翻身的衝動，看向他。

「您可是被妾身吵著了？」

衛岑瀾聽她如此問，便知自己猜對了，

「沒有。妳是不是被我之前的話嚇到了？」他好像提醒過她，榮華長公主的性子不太好。

祁雲菲抿唇，沈默一會兒，小聲地說：「沒有。」

衛岑瀾聞言，雖然瞧不清她臉上的表情，但也知是什麼意思了。

「本王問妳，在咱們大齊，公主和親王，哪個身分高？」

祁雲菲沒想到衛岑瀾會問這樣的話，想了想，答道：「不好一概而論，得看公主和親王是誰生的，跟皇上關係如何，手中有多少權力。」

「嗯，有道理。所以，本王和榮華長公主，誰的爵位更高？」

祁雲菲不笨，有些明白衛岑瀾想說什麼了。

平德帝和衛岑瀾都是已故的皇太后所出，是嫡子。榮華長公主的生母是嬪，且之前似乎只是個宮女，身分自然無法跟衛岑瀾相提並論，只因她是平德帝唯一還在京城的姊妹，所以顯得身分高了些。

「自然是您的爵位更高。」祁雲菲道。

「所以，妳怕什麼呢？縱使榮華長公主鬧脾氣，說了什麼不中聽的話，妳也不必理會她。」

「可她是您的姊姊。」祁雲菲小聲說。

「姊姊又如何，妳還是本王的妻子呢。孰輕孰重，本王自是分得清。」

衛岑瀾如此說，讓祁雲菲心情好了許多。不過，這不是她最關心的事。婚後，雖然她極少出門，但也曉得外界對她的議論，知道很多人在等著看她的笑話。

她怕被人笑話，更怕別人因為她而笑話衛岑瀾。

接著，衛岑瀾繼續道：「本王打聽過了，明日去參加詩會的人，多半是京城中的官家女眷，以未出閣的小姑娘居多，屬妳身分最高。誰敢笑話妳，打一頓便是。」

前面的話還好，聽到最後這句，祁雲菲沒忍住，噗哧一聲笑出來。

聽到笑聲，衛岑瀾翻個身，側頭看著自己的妻子，一本正經地問：「本王說的話很好笑嗎？」

黑暗中，難以看清衛岑瀾臉上的表情，但從聲音中，也能聽出他的思緒。

祁雲菲的心突然跳了下，咬了咬唇，小聲說：「哪能打人啊。」

少少的五個字，聲音又小又婉轉，像是在跟人撒嬌一樣。

雖然祁雲菲看不清楚衛岑瀾的臉，可衛岑瀾是習武之人，眼力比一般人好得多，隱約瞧見了祁雲菲的神情。

「嗯，不能打人。」衛岑瀾抬手，摸摸她的臉。「若對妳無禮，訓斥一頓也行。」

感覺傳到臉上的溫熱，祁雲菲渾身一顫。

「妳是本王八抬大轎抬進來的正妃，雖然沒拜堂，但已經上了皇家族譜，去宗廟祭拜祖先，是大齊名正言順的親王妃。面對那些不長眼的人，教訓便是，無須擔心會替本王惹麻煩，也不用留情面。他們敢說妳，便是得罪了本王，何須再給他們面子？」

原本，祁雲菲感覺這些聲音是在身側響起，漸漸地，離她的耳朵越來越近，說到最後一句，熱氣已經噴進耳裡。

此刻，即便不照鏡子，祁雲菲也知道自己的耳朵一定已經紅了。不僅耳朵，臉也如火燒一般。

「如果妳不訓斥回去，那才是真的丟了本王的臉。記住了嗎？」衛岑瀾有些嚴肅地交代。

不過，這樣的時刻，即便他再嚴肅，也讓人生不出絲毫恐懼。

成親近兩個月，睿智如衛岑瀾，早把祁雲菲的心思猜個七七八八。這個小姑娘，雖有些膽小，但對他的事情非常上心。

她大概是怕出門在外丟了他的臉吧？可臉面都是自己給自己的，旁人又怎麼會讓他失了顏面？

況且，他並不擔心自己丟臉，只怕她被人欺負。畢竟，她的性子實在太軟了。

祁雲菲心跳飛快，腦子裡空白一片，許久才反應過來衛岑瀾說了什麼，張了張口，想要回答。

「記……記住……嗯……」

話還沒說完，她的唇就被堵住了，再也沒能說出一句完整的話。

衛岑瀾想，既然睡不著，不如做些其他事情，免得小妻子心裡胡思亂想。

繾綣許久後，看著躺在他臂彎裡沈沈睡去的妻子，衛岑瀾低頭親親她的額，也閉上眼睛睡了。

第三十六章

第二日，祁雲菲醒過來時，已是辰正。

香竹滿臉緊張地伺候她起身，搶先道：「王妃，不是奴婢沒叫醒您，是王爺交代了，讓您睡飽再起來，不許吵您。」

她說完，又驕傲地傳了衛岑瀾的話。「王爺說了，管他什麼詩會，您身分尊貴，能去便算是給他們面子，無須到得太早。」

祁雲菲笑了笑，讓人服侍她穿衣。

香竹繼續在一旁滔滔不絕。「這可是王爺吩咐的，不是奴婢自作主張。您沒看到王爺說這話時的神情，王爺待您可真好。」

祁雲菲看她一眼。「好，我知道了，是王爺吩咐的，我不會怪妳。」

昨晚經過衛岑瀾的開導，她的心情早已平復，不像之前那麼緊張了。

漱洗上妝，吃過飯後，祁雲菲去了榮華長公主府。

祁雲菲到時，榮華長公主府門口只有零星幾輛馬車，其他人早已進去。

祁雲菲甫一出現，便吸引眾人的目光，原本在閒聊的姑娘、夫人們，見著她之後，漸漸沒了聲音。

對上眾人探究的眼神，祁雲菲深深呼出一口氣，隨著帶路的管事，往府裡走去。

一路行來，祁雲菲看到了許多熟悉的面孔。

這些面孔多半是之前跟著定國公府的人一起去做客時遠遠見到的，還有一些是前世隨靜王妃赴宴見過的，都是她需要行禮之人。

即便不行禮，這些人也跟她相距甚遠，並沒有什麼交集。

如今，見往日高高在上的人紛紛向她請安行禮，祁雲菲覺得，真是人生如戲。

更如戲的是，這裡面的人，還有祁雲昕。

靜王妃也在，雖然她瞧不上祁雲菲庶出的身分，然而，即便再不喜，也不會在眾人面前表現出來。

衛岑瀾的身分擺在那裡，又是靜王的長輩，不管什麼時候，她都要對祁雲菲客氣。

「見過嬸嬸。」靜王妃行禮。

祁雲菲看著面前的靜王妃，久久回不過神。

前世，她跟靜王妃可沒少打交道。

出嫁前，在定國公府時，她被祁雲昕和祁雲嫣糟蹋。等她入了靜王府，又被靜王妃欺負。

祁雲菲打量站在靜王妃身後的祁雲昕一眼，心想這可真是巧了，兩個喜歡欺負她的人，如今待在同一個府裡。

「靜王妃客氣了，起來吧。」祁雲菲淡淡地道。

靜王妃站起身，思緒飛快轉了一圈。現在最丟人的不是她，應該是跟在她身邊的祁雲昕才對。

靜王從皇陵回來之後，便很是喜歡祁雲昕，這個月來，留在祁雲昕院子裡的時日，比待在她房裡還要多。

後來，她不過是剋扣了祁雲昕的吃穿用度，結果隔日靜王就朝她發火，且明明白白地告訴她，對祁雲昕客氣些，不許虧待。

她是王妃，祁雲昕不過是個妾，她們之間是天壤之別。

然而，祁雲昕出自定國公府，門第比她娘家高了許多。靜王很是看重祁雲昕的身分，想要藉此拉攏定國公府。

不過，想到平德帝下過的命令，祁雲昕這輩子都只能是個上不得檯面的妾，靜王妃就覺得心裡舒爽。

想到這裡，靜王妃故意側了側身子，發現祁雲昕挺直背脊，仍舊是一副高高在上的模樣，心中不由冷笑。

她微抬下巴，衝著祁雲昕說：「昕姨娘，在府裡也罷了，在外面怎可如此不知禮數？快過來向睿王妃行禮。」

祁雲昕微微蹙眉，靜王妃也太不識相了，竟然故意給她難堪。

「怎麼？不認識睿王妃了？」靜王妃微微提高聲音。「昕姨娘，妳跟睿王妃可是同出定國公府，說起來，妳還是睿王妃的堂姊呢。妳們自小一起長大，怎麼才幾個月不見，就忘了睿王妃？」

靜王妃說得著實大聲，整個院子裡的人都聽到了。

眾人不敢多言，全閉上了嘴，靜靜看著這邊的動靜。

自從祁雲昕和祁雲菲互換親事後，整個京城都在傳這件奇聞。

如果大家對祁雲菲是羨慕的話，對祁雲昕可就是看傻子一樣的眼神了。當然了，也有不少人仍舊懷疑此事是祁雲菲所為，祁雲昕是無辜的。

畢竟，睿王正妃和靜王侍妾這兩個身分擺在一起，傻子都知道該選哪個。

祁雲昕是定國公府的嫡長女，並不是傻子，很是聰明。

那麼，祁雲菲只能更聰明，才能成功換了親事，還讓靜王和祁雲昕受罰。

之前祁雲昕跟靜王一起去掃皇陵，回來後，因為身分太低，不能見外客。而祁雲菲則是被衛岑瀾保護起來，待在睿王府，大門不出，二門不邁，更是見不著。

如今榮華長公主把這兩人湊在一起，可不讓人興奮嗎？就等著看她們的反應了。

方才靜王妃向祁雲菲行禮時，祁雲昕壓根兒沒動，直挺挺站在原地。她向來不喜歡祁雲菲，也瞧不上她，怎會對她行禮？

以後，等靜王成了皇帝，就是祁雲菲來行禮，求著她。

孰料，祁雲菲還沒說話呢，靜王妃先發難了。

祁雲昕心中暗罵靜王妃是個蠢貨，回去定要向靜王告狀，讓靜王妃在他心中的印象越來越差，以後被廢了才好。

她可不想屈居於這種蠢貨之下，打算取而代之。

感受著眾人掃過來的目光，耳邊說話的聲音越來越低，祁雲昕瞥向祁雲菲，瞧她頭上插了幾支珠釵，身著質地上乘的華服，一副珠光寶氣的模樣，心中冷笑。

如今的祁雲菲，不就像是前世的她嗎？用最華麗的衣飾把自己包裝起來，掩飾不受寵的事實。

見祁雲菲一臉柔和的笑意，祁雲昕極看不順眼，以為她當真不知她過得很差嗎？

「王妃說笑了，我跟睿王妃自小一起長大，感情甚篤，我怎會不認識妹妹。只是，如今妹妹得到好姻緣，怕是不想認我這個姊姊了。」祁雲昕話裡有話。

這話一出，四周的人果然悄悄議論起來。

「不會真是睿王妃幹的吧？」

「睿王妃有這麼惡毒嗎？」

「噓，小聲點，那位看起來就不像是好性子的。」

祁雲昕繼續說：「唉，也是，現在我不過是王府侍妾，自然不敢高攀妹妹。只是，希望妹妹能記住，妳的好姻緣是如何得來的。」

接下來，議論的聲音更多了。

祁雲昕睨著祁雲菲，見她脹紅臉色，抿著唇不敢講話的樣子，偷偷笑了。

祁雲菲是什麼性子，她早已清楚。她就是吃定祁雲菲懦弱，不敢跟她爭辯，才故意這麼說。

前世時，就算祁雲菲成為皇貴妃，也一樣被定國公府的人拿捏得死死地。且這時候還不是皇貴妃呢，更好欺負。

讓她向祁雲菲行禮？作夢去吧。一個上不得檯面的庶女，即便當了王妃，也依舊是上不得檯面。

祁雲菲第一次面對這樣的陣仗，有些不知所措。兩世以來，她從未遇過這般難堪的處境。即便是前世，定國公府的人也不會當著這麼多人的面對付她。

四周鋪天蓋地的議論聲如同潮水般越來越多，而她像一根浮木，在裡面載浮載沈。

想到前世，想到如今的尷尬，看著祁雲昕藏在帕子後的笑容，祁雲菲閉了閉眼，漸漸冷靜下來。

她不能躲，不能逃，不能再被祁雲昕拿捏，也不能再讓前世的悲劇重演。

睜開眼時，祁雲菲的臉色依舊紅，但氣勢卻跟剛剛不一樣了。

大家不就是好奇那日發生了什麼事嗎？錯的人又不是她，丟臉的只有祁雲昕一個。哦，不對，應該再加上定國公府。

她沒必要為祁雲昕跟定國公府遮掩，與其讓大家把她當成惡毒卑劣的女子，不如敞開來說出真相。這樣的話，流言不攻自破。

「昕姨娘說得對，我能成為睿王妃，的確是因為妳。本王妃至今還記得，成親前夕，昕姨娘來找我交換親事，被我拒絕後，居然在成親當日讓丫鬟迷暈我，把我塞進睿王府的花轎。若非妳做了這些事，我的確不會成為睿王妃。」

聽到祁雲菲這番話，祁雲昕瞪大眼睛，沒想到向來懦弱的祁雲菲竟然敢當著這麼多人的面反駁她，也沒想到祁雲菲會不顧及定國公府的臉面，當場說出真相。

不僅祁雲昕，周圍的人也沒料到，開始嘀嘀咕咕起來。

「啊？之前怎麼聽說不是這樣？會不會是睿王妃故意誣衊人？」

「應該不會吧。難道之前的消息，都是故意傳出來的？」

「不好說，咱們再聽聽她們倆說什麼。」

聽著耳邊的竊竊私語，祁雲昕的臉色變得難看，繃著臉道：「妳胡說什麼？」

祁雲菲仍然是一副鎮定的模樣。「真的是我胡說嗎？皇上、睿王與定國公府的人已知曉此事，不如找人去問問，當面對質，看看我是不是在胡說。」

這下，祁雲昕的臉色更難看了，瞪向祁雲菲的眼神很是不善。

祁雲菲太過鎮定和自信，還把平德帝和衛岑瀾搬出來。

反觀祁雲昕，則是一副氣急敗壞的模樣。除了說些似是而非的話，什麼有用的話都沒講出來。

兩人孰是孰非，一目了然。

眾人的目光漸漸聚集在祁雲昕身上，說祁雲昕的不是，嘲諷她。

聽著耳邊的議論，祁雲菲盯著祁雲昕，開口道：「昕姨娘，咱們大齊最是重禮，雖然妳我同出定國公府，但如今身分不同了。這次，本王妃不跟妳計較，下次再見時，可要記得行禮。」

祁雲菲說完，抬步往廳堂走去。但凡她走過的地方，眾人紛紛行禮。

看著祁雲菲的背影，祁雲昕的手漸漸握成拳。

見祁雲昕吃癟，靜王妃很是開心。今天她帶著祁雲昕來，就是為了看她出醜，感覺這段時日憋在胸口的鬱氣終於出來了。

見眾人對祁雲昕指指點點，靜王妃輕咳一聲，道：「昕姨娘，方才妳太過分了，竟然不向睿王妃行禮。雖然睿王妃是妳娘家堂妹，但妳入了靜王府，自然要事事遵從夫家。下次見到睿王妃，別忘了行禮，莫要讓人說咱們靜王府的人不懂禮數。」

縱然對靜王妃這番話很不滿，可如今身分太低，祁雲昕不敢多說什麼。

不一會兒，眾人漸漸散去，徒留祁雲昕站在原地。

一直站在人群後面的祁雲嫣走過來，看著祁雲昕落魄的模樣，忍不住譏諷。「哎呀，原來是大姊姊啊。大姊姊，現在妳落得這般田地，可有後悔當初的所作所為？想必不會吧，畢竟妳那麼『喜歡』靜王。」

祁雲昕抬頭看祁雲嫣，瞇了瞇眼，冷冷地說：「二妹妹，風水輪流轉，妳焉知我會一直這般落魄？又焉知妳能一直笑到最後？」

說完，她沒再理會祁雲嫣，轉身離開。

這會兒，祁雲菲已經去了廳堂。

剛剛她跟祁雲昕吵架，早有丫鬟把事情傳到榮華長公主耳中，所以她一進來，大家便看向她，同時起身行禮。

祁雲菲抬手讓眾人起身，隨後望向坐在上首的榮華長公主。

今日榮華長公主穿了暗紅色華服，上面有金色雲紋，頭上戴著幾支金釵和南珠。雖然已經四、五十歲，但保養得甚好，臉上皺紋極少，手指白皙，看起來雍容華貴。

「喲，睿王妃來了。」榮華長公主笑著說。

按照大齊的禮儀，若是同一個家族，年長者身分不如年少者，雙方皆要見禮。年長者先給年少者行禮，年少者再向年長者回禮。

榮華長公主雖貴為公主，但畢竟是庶出，身分不如衛岑瀾。是以，每每見到衛岑瀾，她都要先行禮。等她行完禮後，衛岑瀾才會回個簡單的禮。

祁雲菲是衛岑瀾的正妃，按照大齊的規矩，榮華長公主也要向她行禮。

只是，榮華長公主絲毫沒有起身的意思，坐在榻上，滿臉笑意地看著祁雲菲。

眾人皆知榮華長公主幼時常常欺負衛岑瀾，姊弟倆感情不好，一時之間不敢吱聲，全等著看祁雲菲的表現。

祁雲菲看看沒打算起身的榮華長公主，想到衛岑瀾昨日說過的話，並未彎腰，只點頭見禮。

榮華長公主身分尊貴，可對於祁雲菲而言，她的噩夢是祁雲昕，是定國公府。她連祁雲昕都訓斥了，對於榮華長公主這般行徑，更是不會退讓。

榮華長公主見狀，臉上的笑漸漸消退了些。

第三十七章

當年，榮華長公主被封為公主時，衛岑瀾還沒出生。

整個皇宮中，除了太子，便是她最受寵。

然而，她的嫡母皇后突然老蚌生珠，生下衛岑瀾。

從此，衛岑瀾成為皇宮中最受寵的人，所有好東西都送到他那裡。

沒過多久，先帝夫妻去世，太子登基。

她本以為衛岑瀾會失寵，沒想到，她那愚蠢的兄長，待衛岑瀾比對親生兒子還好。

衛岑瀾從小便甚是傲慢，除了平德帝之外，對所有人都是一副鼻孔朝天的模樣。

某日，她兒子不過是打了他身邊的內侍，就被他狠狠收拾一頓，還鬧到御前。

衛岑瀾是長輩，又比外甥大幾歲，竟因為一個奴才懲罰他，當真讓人恨得牙癢癢。

從那之後，榮華長公主更討厭衛岑瀾了。

不僅榮華長公主，皇后也看不慣衛岑瀾，兩人沒少聯手整他。

可惜，衛岑瀾還是安安穩穩長大，又進了軍營。

榮華長公主本以為，衛岑瀾會死在戰場，沒想到他不僅回來了，還比從前更長進。

過幾年，平德帝直接把大權交給衛岑瀾。所有人都說，平德帝想立衛岑瀾當儲君。雖然她跟衛岑瀾沒什麼深仇大恨，但在衛岑瀾幼時經常欺負他。而且，衛岑瀾對她兒子的印象極為糟糕。若是他真的登基，怎會善待她？

所以，她私下派人做阻礙衛岑瀾的事，更默默支持靜王。

自從衛岑瀾封王後，每次見面，她都要先向衛岑瀾行禮。她比衛岑瀾大十幾歲，感覺像差著一個輩分，當眾行禮，就像是服軟一樣。

行完禮，她總要不高興幾天。

如今衛岑瀾娶了身分低的庶女，榮華長公主自是不放在心上。她打聽過祁雲菲的事，知道她的性子，便想藉著祁雲菲來打壓衛岑瀾，討回一些面子。

可惜，祁雲菲並沒有如她料想的一般行事。面對她的威勢，祁雲菲沒有絲毫退讓，沒向她行大禮。

榮華長公主盯著祁雲菲片刻，思緒轉了一圈，瞥向下首，道：「坐。」

祁雲菲看看下首的位置，又看榮華長公主坐的地方。

衛岑瀾的身分比榮華長公主高，她若坐在榮華長公主的下首，豈不表示自己低了榮華長公主一等？

她突然想起衛岑瀾昨晚說過的話，明白了他的意思。
如果她不厲害些，順從榮華長公主的意思坐到下首，才真是丟了衛岑瀾的臉面。
最起碼，她得跟榮華長公主平起平坐。
只是，榮華長公主坐在上首榻上，且絲毫沒有起身的意思。她畢竟是長公主，又是衛岑瀾的姊姊，即便衛岑瀾身分比她高，要是她耍起無賴，也沒人敢說什麼。
祁雲菲的腦子飛快轉動起來。
她絕對不能坐在榮華長公主的下首。
前世，靜王登基之後，榮華長公主在京城中的地位更是無可撼動，甚至敢衝撞皇后，也就是如今的靜王妃。在其他人面前，亦不怎麼給皇后面子，很是張揚霸道。
但她是靜王的姑姑，又助靜王登基，靜王沒辦法拿她怎麼樣。
祁雲菲見識過榮華長公主的厲害，可即便如此，也絕不能示弱。
「坐哪裡？」祁雲菲開口問道，像是沒看到榮華長公主的眼神。
她就不信了，榮華長公主敢當眾讓她坐在下首。
榮華長公主的確沒料到祁雲菲會這樣說，也沒從祁雲菲的臉上看到惱怒，一切像是隨口一問那般。
榮華長公主冷哼一聲，倨傲地說：「自然是坐妳該坐的地方。」

祁雲菲立刻反擊。「可該坐的地方被人占了。」

榮華長公主露出嘲諷神色。「妳是堂堂睿王妃，座位居然還會被人占走？未免太無能。衛岑瀾那小子就娶了妳這樣的王妃？真是給他丟臉。大家說是不是？」

這話一出，四周響起稀稀落落的回應。不過，大多數的人礙於衛岑瀾的權勢，未敢吱聲。

聽著四周的聲音，瞧著榮華長公主的臉色，祁雲菲臉色未變，道：「正因為我是睿王妃，代表睿王的臉面，才沒有跟那人計較。有些人喜歡倚老賣老，強占旁人的座位，可我的身分擺在這裡，若跟那樣不懂規矩的人計較，未免失了身分。」

在場的人暗暗吃驚，祁雲菲竟會說出這麼直白的話。

榮華長公主更是沒想到，立時拍了桌子，怒斥。「妳這是在說誰?!」

祁雲菲目光凜冽。「自然是說不懂規矩的人。」

不管以後榮華長公主會如何，如今她的身分就是沒有衛岑瀾的高。她不給衛岑瀾面子，就是祁雲菲的敵人，祁雲菲自是不會讓步。

榮華長公主本以為祁雲菲是個軟柿子，好欺負，想藉機讓衛岑瀾沒臉，孰料她的態度如此強硬，根本不像她打聽到的那般無能。

那板起臉來的模樣，活脫脫跟衛岑瀾是一個德行，看得人心生厭煩。

事情鬧成這樣，榮華長公主也不想讓步了。

可這事畢竟是榮華長公主無理，她不先讓，也不好收場。

就在兩人劍拔弩張時，有個蒼老的聲音響起。「哎呀，老身年紀大了，坐久了不舒服。聽說小姑娘們都在水榭作詩，睿王妃，長公主，不如咱們去看看吧？」

祁雲菲不想惹事，是榮華長公主想欺負她，才開口爭辯。如今聽宰相夫人出聲緩頰，自然應了下來。

「您說得是。本王妃也正好奇呢，便去水榭看看吧。」

榮華長公主仍舊很不高興，因為宰相夫人把祁雲菲放在她前頭。

然而，如今除了平德帝和衛岑瀾，權力最大的人就是宰相。但宰相剛正不阿，不支持任何人，只聽從皇帝的決定。

如果不希望衛岑瀾登基，榮華長公主自是要跟宰相交好，即便心中再生氣，還是忍下來。

「嗯，大家都過去吧。」

聽到這三個人發話，其他人才鬆口氣。雖然她們想看熱鬧，但也真的怕榮華長公主和祁雲菲吵起來。萬一鬧到平德帝面前，又是麻煩。

祁雲菲看也不看榮華長公主，第一個走出去。其他人則是等著榮華長公主舉步，才跟在她身後。

不一會兒，眾人到了水榭。

許是得知廳裡的風波，水榭上首放了兩把椅子，祁雲菲和榮華長公主一左一右坐下，再無交談。

原本，有些人得知了祁雲菲的身分，想乘機為難她一番，可經歷剛剛的事情後，不管小姑娘們還是各家命婦，沒有一個人敢主動挑事。

畢竟，祁雲菲既不會顧及娘家定國公府的臉面，也不會給榮華長公主面子。她身分又高，想說什麼就說什麼。

為了不讓自己難堪，大家對她很是恭敬。

詩會，其實就是變相的相看。有才藝的小姑娘紛紛獻藝，而家中有兒子的女眷，便從中挑選適合當媳婦的人。

看了一會兒，有個小丫鬟傳話給祁雲菲。

聽說羅氏找她，祁雲菲微微蹙眉，隨著小丫鬟過去了。

到了約定的地方，祁雲菲只看到祁雲昕一個人，便轉頭離開。

祁雲昕重生了，祁雲昕搶了她的親事，祁雲昕想要嫁給未來的皇帝……這些跟她已然無關，她不想再跟祁雲昕有任何瓜葛。

「祁雲菲，妳莫要忘了，柔姨娘還在定國公府中。」

聽到這話，祁雲菲停下腳步，轉身打量著她臉上的得意神色，瞇了瞇眼。

是了，她忘記一點，祁雲昕重生了，自然知曉她最怕的是什麼，也知道她後來因為柔姨娘，被定國公府的人威脅。

甚至，祁雲昕也知道，定國公府的人害死了柔姨娘。

「放肆，怎可對王妃如此無禮！」吟春在一旁訓斥。

祁雲昕嘴角露出一絲冷笑，慢慢靠近祁雲菲，微啟紅唇。「柔姨娘的生死，可是要看妳的決定。如果妳不乖，我可不敢保證柔姨娘會發生什麼事。」

祁雲菲聞言，目光漸漸變冷。

祁雲昕明知前世柔姨娘被誰害死，竟然還能用這種語氣說出這樣的話，當真冷血。

祁雲昕卻很開心。祁雲菲越生氣，越不敢反駁，她越高興。

看吧，不管前世還是今生，祁雲菲都是這般無用，用個賤婢就可以控制她。

然而，她的笑很快便凝在臉上。

祁雲菲冷冷地說：「妳的生死，也要看妳的決定。如果柔姨娘有個三長兩短，我定會讓所有欺負過她的人付出代價！」
祁雲菲的聲音極冷，如今又是睿王妃，加上前世當過皇貴妃，氣勢很足。
一時間，祁雲昕被她唬住了，但很快回過神來。
「妳以為自己算個什麼東西，居然敢這麼說我?!以為妳當了睿王妃，就可以為所欲為？妳以為我不知道妳在睿王府過的是什麼樣的日子？真會給自己找臉面！妳真當睿王會替妳做主？癡人說夢！
「不過，妳倒是比我有手段，敢在外面宣揚你們彼此恩愛的話。再怎麼說，睿王也沒給三叔高官厚祿不是嗎？」
說完這些，祁雲昕像是想起什麼，在祁雲菲開口前，揚起詭異的笑，輕聲道：「對了，其實妳還沒跟睿王圓房吧？」
聽到祁雲昕的話，祁雲菲怔了一下。
「怎麼？被我猜對了？既然還沒圓房，也沒跟睿王拜堂，那麼，妳就正視自己的位置。榮華長公主不知內情，才會被妳唬住。我可是知道內情的，想騙我？沒那麼容易。妳還是乖乖幫我做事吧，不然我定讓人整治柔姨娘！」
祁雲昕說完，發現祁雲菲用奇怪的眼神端詳她，而且還不講話，立時心生惱怒。
她又沒說錯，衛岑瀾肯定沒跟祁雲菲圓房，祁雲菲有必要這樣看她嗎？

祁雲昕上前一步，正想衝著祁雲菲說幾句威脅的話，卻看到祁雲菲想刻意遮掩的、脖子上的紅痕。

從祁雲菲剛剛奇怪的目光，到現在她瞧見的痕跡，衛岑瀾應該跟祁雲菲圓房了。這簡直不可置信！

為什麼？祁雲菲身分比她差，不如她長得漂亮，衛岑瀾為什麼會被祁雲菲吸引？難道是祁雲菲主動勾引？

不，不可能。前世，她跟衛岑瀾在一起許多年，衛岑瀾是什麼性子，她非常清楚。他對所有人冷淡，對所有事不在意。即便祁雲菲主動勾引，要是衛岑瀾不願意，沒人能強迫他。

所以，衛岑瀾是願意的。

想到這一點，祁雲昕心中生出無盡的挫敗之感。

縱使她今生選擇靜王，也恨透衛岑瀾，可這並不代表她對衛岑瀾毫無情愫。若是不喜歡，當初她也不會期盼皇后幫忙，讓平德帝賜婚。如今雖對衛岑瀾有恨意，可也有諸多的不甘心。

祁雲菲不知祁雲昕在想什麼，只覺得祁雲昕剛剛說的話有些莫名其妙。瞧著她的憤怒神情，祁雲菲微微蹙眉。「大姊姊，從前的事情就算了，以後妳若敢傷害柔姨娘，我絕不會罷休。」

說完，見祁雲昕仍在發呆，祁雲菲沒再搭理她，轉身離開。

祁雲菲回去後沒多久，詩會便結束了。

因為剛剛跟榮華長公主生出齟齬，祁雲菲沒多坐，直接回了睿王府。

看著祁雲菲離去的背影，榮華長公主嘴角勾起冷笑。

一個庶出的小丫頭就敢對她如此不敬，還不是仗著衛岑瀾的勢？她是治不了衛岑瀾，但還能收拾一個小丫頭！

如果不整治祁雲菲，她會成為整個京城的笑柄。定要讓所有人知曉，她不是好欺負的人！

第三十八章

晚上，衛岑瀾回來了。

祁雲菲把在榮華長公主府發生的爭執告訴他，不過，隱去了跟祁雲昕私下見面時說過的話。衛岑瀾在她心中，一向高高在上，她不想拿這樣的事煩他。

雖然當時覺得自己沒做錯，但榮華長公主畢竟是衛岑瀾的姊姊，祁雲菲內心還是有些不安。

聽祁雲菲說完，衛岑瀾蹙了蹙眉。

打量衛岑瀾的神色，祁雲菲更加忐忑。難道，她做錯了？

「對不起，妾身當時……當時……」

她的話還未說完，便聽衛岑瀾道：「當時妳是如何想的？為何會對榮華長公主說出那番話？」

祁雲菲有些害怕，但還是回答。「妾身覺得您的爵位比榮華長公主高，若是坐在她下首，豈不是承認您低她一等？所以，就……」

後面的話，祁雲菲沒再說出來，低垂著頭，一副做錯事情的模樣。

衛岑瀾道：「既如此，妳並沒有做錯，為何要向本王道歉？」

祁雲菲一聽這話，立刻抬起頭來，望向衛岑瀾。

衛岑瀾看著她明亮的眼睛，肯定地說：「這次妳做得很好，本王很欣慰，以後也要如今日這般行事。」

衛岑瀾確實非常欣慰。之前那個性子有些懦弱的小姑娘，似乎比從前堅強了些，不再那麼自卑，那麼柔弱，他很喜歡她的改變。他的王妃，就該如此。

祁雲菲臉上漸漸露出一絲笑容。

看著祁雲菲高興的樣子，衛岑瀾摸摸她的頭髮。「乖。」

瞧著衛岑瀾滿臉寵溺的模樣，祁雲菲的臉紅起來，兩隻手絞在一起。雖然心中極為雀躍，但怎麼感覺衛岑瀾像是在哄小孩子一樣。若是再給她一顆糖，就更像了。

祁雲菲想著，忍不住低聲說了一句。「您也沒比我大幾歲，我又不是小孩子。」

衛岑瀾沒想到她會這麼說，微微一怔，手上的力道加大了些，揉揉她的頭髮，滿眼帶笑。

「嗯，不是小孩子。」

他也沒把她當小孩子。只是，有時候看她乖乖的模樣，忍不住想要摸摸她的頭，誇一誇她。

祁雲菲紅著臉，抿了抿唇，瞥衛岑瀾一眼。
恰好，衛岑瀾也在看她。
目光交織的那瞬間，都在彼此眼中看見笑意。
頓時，滿室生春。

睿王府這邊在說榮華長公主府的事，京城其他府中也在議論這個。不僅如此，宮裡的人也提起了。
皇后服侍平德帝吃完藥之後，像是不經意間想起般，笑著道：「皇上，聽說今日榮華長公主辦了詩會。」
平德帝沒多想，抬眼看皇后一眼。「哦？可有作得極好的詩？」
皇后想了想，說：「極好倒是稱不上，不過，妾身覺得小姑娘們都很有才情。比如宰相府的姑娘、定國公府的二姑娘、刑部尚書府的三姑娘，都不錯。」
「嗯。」平德帝淡淡地應聲，似乎對此事不太感興趣。
皇后瞧著他的臉色，繼續說：「詩作還在其次，有件事倒是傳得沸沸揚揚。」
平德帝依舊閉著眼睛，沒什麼反應。
「聽聞睿王妃也去了。」

平德帝終於睜開眼。「她也作詩了？」

皇后笑笑。「這倒不曾。」

聽到這話，平德帝看向皇后，等著她說後面的話。既然沒作詩，皇后還特意提起，可見是有別的事情。

「聽說睿王妃沒向榮華長公主行禮，言語間還譏諷她不懂規矩，兩人拌了幾句嘴。榮華長公主的性子，您也知道，她貴為公主，向來直爽，說話就有些直，許是說了什麼話，惹到睿王妃。

「不過，妾身覺得，縱然如此，睿王妃初次見榮華長公主，又是在長公主府中，沒必要如此不給榮華長公主面子吧？榮華長公主可是咱們皇家的公主，還是睿王的姊姊。睿王對姊姊很是尊敬，睿王妃一個小姑娘卻沒忍住脾氣。」

平德帝的眉頭蹙起來。

皇后見狀，接著道：「初次見那小姑娘，妾身覺得她性子很是溫和，倒是不怎麼信這些話呢。不過，如今身分不一樣了，有些張狂，也在所難免。」

「嗯，還是查清楚比較好。」平德帝發了話。

皇后眼神微動。「妾身也是這個意思，查清楚再做定論。睿王妃再張狂，也不至於在長公主府中，先跟入了靜王府的堂姊吵，又跟榮華長公主吵，怎麼說都是做客呢。」

平德帝的臉色變得有些難看。

「妳先退下吧。」

「是。」

皇后走後，平德帝陷入沈思。

榮華長公主是什麼性子，他心中很清楚。他這個妹妹，沒少欺負衛岑瀾，按照她的脾氣，今日定不會給祁雲菲好臉色，肯定是她先惹事。

皇后對衛岑瀾的態度，他也知曉。

只是，相較於這兩人，他更在意祁雲菲的表現。如果祁雲菲的脾氣跟榮華長公主一樣，那就糟糕了。

祁雲菲跟祁雲昕吵架，也算是事出有因，可她身分跟從前不一樣，再跟一個妾爭執，未免有失身分。

想到祁雲菲的出身，平德帝嘆口氣。說到底，庶出的小姑娘，眼界還是不如嫡出。

可祁雲菲畢竟是衛岑瀾中意的人，依著衛岑瀾的性子，怕是不會輕易換掉正妃。

他對衛岑瀾寄予厚望，將來要把整個大齊交給他。他的王妃若再這般行事，就不太合適了。

思來想去，平德帝覺得，還是得想點辦法才好。

第二日一早，祁雲菲剛吃完早膳，就聽到宮裡來人，連忙去了廳裡。

「傳皇后懿旨，睿王府欠缺人手，特賞賜教養嬤嬤四名。望睿王妃好好跟嬤嬤學學規矩，莫要丟了皇家的臉面。」

聽到旨意，祁雲菲腦中的思緒一下子炸開來。

看來，昨日的事傳進了宮裡，帝后對她不滿，她還是給衛岑瀾丟臉了。

見祁雲菲在發呆，傳旨內侍提醒道：「睿王妃，接旨吧！」

祁雲菲回神，接了旨。「是，多謝皇后娘娘。」

皇后本就不喜歡衛岑瀾，既是教養嬤嬤，選的自然不是什麼好脾性的人。

傳旨內侍一走，四個嬤嬤便朝祁雲菲走來，行了禮。

「見過王妃。」

畢竟是宮裡來的人，祁雲菲對她們很是客氣，連忙道：「嬤嬤們請起。」

孰料，祁雲菲剛說完，為首的嬤嬤便冷下臉，站直了身子訓斥她。

「王妃，您做錯了。身為主子，怎麼能在奴才還沒行完禮的時候就說話？要等行完禮才能開口，不能過早，否則不夠有威嚴。當然，也不能太晚，讓人覺得有失寬和。」

祁雲菲想過宮裡的嬤嬤會很嚴厲，卻沒想到會如此嚴厲，一來就給她下馬威。

「規矩是死的，人是活的。嬤嬤們年紀大了，本王妃不忍看妳們受罪，出自體恤，才讓妳們趕緊起身。」祁雲菲按捺住心中的不舒服，解釋道。

旁邊的另一位嬤嬤聞言，也冷了臉。

「王妃，您這話大錯特錯。您是主子，我們是奴才，尊卑不同。還有，規矩就是規矩，怎可兒戲？王妃是庶出，從前不懂規矩也罷了，以後可不能再說這樣的話，免得讓人笑話皇家無禮。」

祁雲菲蹙眉。這位嬤嬤眼神和語氣中的輕視，讓她很不舒服。

她本來覺得自己的規矩學得不好，想好好跟著嬤嬤學一學，可聽到這些話，再看幾位嬤嬤臉上露出的不屑神情，頓時明白，自己想錯了。

這些人不是來教她規矩的，而是來找碴的。

不管她做什麼，想必她們都能挑出錯處。

衛岑瀾是皇室的人，可她從沒見過他要下人行完全禮才起身，多數時候都是揮揮手，直接讓他們退下。

即便陰狠如靜王，也鮮少講究這些。靜王妃亦不會如此。

祁雲菲漸漸冷靜下來，開口道：「本王妃體恤妳們，倒成了本王妃不對了？」

為首的嬤嬤說：「知錯能改，善莫大焉。我們過來，就是來教王妃規矩，王妃好好學，肯定能學會。」

祁雲菲點頭。「嗯，既如此，那本王妃現在就改。」

見祁雲菲這麼快便妥協，是個好欺負的，幾位嬤嬤心頭一鬆，臉上的輕視之意更明顯了。

只是，下一瞬，她們就聽到一聲嚴厲的訓斥。「跪下！」

四位嬤嬤愣住了。

「方才嬤嬤們不是說本王妃錯了嗎？既然沒行完禮，那就繼續吧。」祁雲菲一本正經地道：「放心，本王妃一定遵守規矩，讓妳們行完大禮。」

說完，祁雲菲板起臉，嚴肅地盯著她們。

下馬威這種東西，不僅嬤嬤們有，祁雲菲也有。如果不把她當回事，明擺著要對付她，也沒必要給對方臉面了。

四位嬤嬤沒料到祁雲菲如此強勢，互相看了看。

為首的嬤嬤率先開口。「王妃，我們是來教您規矩的，並非讓您教我們規矩。」

祁雲菲裝傻。「我知道。剛剛嬤嬤們不是說我做得不對嗎？重新再來一遍，這次我定會好好做。」

幾位嬤嬤聽了，真覺得是搬起石頭砸自己的腳了。

祁雲菲畢竟是王妃，縱使她們是宮裡來的教養嬤嬤，也沒有理由對祁雲菲發難。況且，這次的事，還是她們自己招惹的。

「嬤嬤們怎麼不動呢？還是說，妳們覺得本王妃剛剛做的是對的？」

另一位嬤嬤滿臉憤懣，神情倨傲地說：「王妃，我們可是宮裡來的，奉了皇后娘娘的旨意，您這麼做不好吧？」

祁雲菲自然知道她們的身分，從出聲震嚇開始，就已經做好了準備。

此刻，她仍舊不慌不忙，抓住對方的把柄，緩緩道：「哦？哪裡不好？煩請嬤嬤說清楚。說本王妃方才之舉不合皇家規矩的，是妳們。如今本王妃想改，又說不合規矩的，也是妳們。那妳們告訴本王妃，到底誰錯了？」

嬤嬤們的臉色有些難看。

她們身為教養嬤嬤，這次被皇后派來教導祁雲菲，本想給祁雲菲一個下馬威，沒想到弄巧成拙了。此刻要是承認祁雲菲做得對，那就表示她們剛剛錯了。身為教養嬤嬤，一來便教錯規矩，如何服眾？

若是死活不承認，那麼她們勢必要跪下，當眾向祁雲菲行大禮。她們身為奴才，對王妃行禮是應該的。只是，這樣行禮，就像道歉一樣，豈不是被祁雲菲拿捏住了？

四個人思來想去，最終還是決定跪下行禮。

先低頭沒關係，但身為教養嬤嬤，規矩不能讓人挑出毛病。

祁雲菲站著，等四位嬤嬤行完大禮後，才慢悠悠地說：「起來吧。」

幾個嬤嬤領教了祁雲菲的厲害，知道她是綿裡藏針的性子，一時間不敢再造次。

「吟春，帶……」祁雲菲想吩咐吟春領著她們去後院，這才發現，吟春不知什麼不見了。

祁雲菲也沒在意，立刻改口。「吟夏，妳帶人收拾幾間房，讓嬤嬤們住下。」

這幾位畢竟是宮裡來的，得妥善安置。剛剛是因為她有理，才能如此理直氣壯，後面還得小心些才是。

「是。」吟夏應下，轉頭看著嬤嬤們。「幾位嬤嬤，請吧。」

有個嬤嬤還想說話，被一旁的嬤嬤扯住了。

第三十九章

幾人正要往外走，一個高大的身影迎面過來。

「見過王爺。」

嘩啦啦一聲，滿屋子的人都向衛岑瀾行禮。

祁雲菲也行了禮。心中充滿疑惑，才剛過巳時，他怎麼就回來了？

衛岑瀾沒說話，逕自走到祁雲菲身邊，抬手扶起她。

「您怎麼突然回府了？」祁雲菲納悶地問。

衛岑瀾仔細打量著祁雲菲。「嗯，部裡沒什麼事，就回來了。」說完，看向站在廳堂中間的四位嬤嬤。

之前在祁雲菲面前耀武揚威的四位嬤嬤微垂著頭，看起來很是小心謹慎。

衛岑瀾把祁雲菲扶到榻上坐好，隨後撩起衣襬，也坐上去。

坐定後，衛岑瀾沒講話，而是拿起茶壺倒茶，喝了一口之後，正欲出聲，卻發現坐在另一側的妻子正瞪大了雙眼瞧著他。

「嗯？怎麼了？」衛岑瀾有些不解。

祁雲菲看看衛岑瀾手中的茶杯，咬住下唇，臉色微紅。想到廳堂裡人很多，便小聲提醒。「這是妾身用過的。」

衛岑瀾挑眉。「那請王妃再換只新的吧。」又喝了一口茶。

祁雲菲臉色更紅了，瞧著衛岑瀾一本正經的樣子，不知說什麼才好。她不是覺得衛岑瀾霸占她的杯子，是覺得那杯子被她用過了，不好再讓衛岑瀾用。

只是，此刻人太多，她不好意思解釋。

接著，衛岑瀾抬眼掃向站在廳堂裡的四個嬤嬤。

「皇后娘娘為何派妳們過來？懿旨上如何說的？」

為首的嬤嬤依舊低著頭，答道：「回王爺的話，老奴們是皇后娘娘宮裡的教養嬤嬤，皇后娘娘怕王妃出身太低，沒人教過規矩，丟了皇室的臉，讓老奴們過來教導。」

聲音跟剛剛的理直氣壯完全不同，充滿了小心翼翼。

祁雲菲沒心思比較嬤嬤們的語氣，只覺得丟臉。雖然她的確不太懂皇家規矩，但在衛岑瀾面前被嫌棄了，實在丟人。

衛岑瀾側頭看祁雲菲，發現她眼中的不安和羞愧，轉頭對四位嬤嬤說：「嗯，皇后娘娘考慮得甚是。出嫁前，王妃的確沒學過規矩。」

聽衛岑瀾這麼說，祁雲菲恨不得找個地縫鑽進去。

然而，衛岑瀾繼續道：「不過，有件事，皇后娘娘不知道。出嫁後，本王一直在教王妃規矩。所以，不煩勞嬤嬤們了。」

為首的嬤嬤聽了，終於敢抬頭看衛岑瀾，面露難色。「可是……」

衛岑瀾當即冷了臉。「嬤嬤是在質疑本王？」

四個嬤嬤嚇得撲通一聲跪在地上。

「老奴不敢。」為首的嬤嬤說道。

「本王就是皇室的人，皇室裡有什麼規矩，本王一清二楚。」

「可……王妃是女子，與男子畢竟不同。」另一位嬤嬤壯著膽子出聲。

衛岑瀾抬眼看她，淡淡地說：「這就不煩勞嬤嬤操心了，本王可以學。」見那嬤嬤仍想爭辯，反問一句。「還是妳們覺得本王學不會？」

衛岑瀾大權在握，在大齊裡，一人之下，萬人之上，哪有人敢頂撞他？自然不敢再反駁。

說完這番話，衛岑瀾轉頭拿起茶杯喝茶，見祁雲菲呆呆地看著他，遂給她一記少安勿躁的眼神。

「對了，既然妳們是宮裡的教養嬤嬤，想必規矩極好。本王有兩件事想問。」

「王爺折煞老奴們了，您有什麼事，直接吩咐便是。」

「本王跟榮華長公主，誰的爵位更高？」

幾位嬤嬤身居宮中，不知昨日究竟發生什麼事，只隱約聽了榮華長公主一面之詞，所以並未多想，直接回答。

「自然是您的爵位略高一些。」

「嗯，看來榮華長公主錯了。既然嬤嬤們教的是皇家規矩，想必有些地方更用得上妳們。」

衛岑瀾說完，指著前面兩個嬤嬤。「妳們去榮華長公主府，問問她需不需要教養嬤嬤。若是她不願收，就問她本王剛剛問的話。」

榮華長公主畢竟是衛岑瀾的姊姊，雖然爵位不如他高，但比他年長。所以，言語間有所保留。

接著，他指向後面兩個嬤嬤。「妳們去靜王府，教教昕姨娘規矩。」

說到靜王府時，衛岑瀾就是直接吩咐了，語氣中帶著不容拒絕之意。

如此，便把四個嬤嬤分派出去。

四位嬤嬤極不情願，可衛岑瀾位高權重，現下又是一副冷臉，沒人敢反駁，只好領命了。

一會兒後，榮華長公主看著宮裡來的兩位嬤嬤，氣得摔了一套上好的瓷器，帶著她們進宮。

而靜王府裡，祁雲昕瞧著靜王妃幸災樂禍的模樣，氣得直咬牙，悄悄派人傳紙條給靜王。

這次，榮華長公主沒去見皇后，而是直接去見平德帝，對著病重的長兄哭訴衛岑瀾不敬長姊，哭訴祁雲菲無視她。

她正哭著呢，卻聽平德帝說了一句。「榮華，這幾年妳越發沒規矩了。岑瀾年紀雖比妳小，但爵位高，這是父皇駕崩前封下的，不可更改。」

榮華長公主聞言，哭聲小了些，委屈地說：「就算他的爵位比我高，可睿王妃算什麼東西，不就是個村婦生的嗎？上不得檯面，憑什麼讓我敬著她？」

「放肆！」平德帝怒斥，隨即劇咳不止。

好一會兒後，平德帝才停住咳嗽，道：「榮華，妳莫要以為朕不知妳這幾年在做什麼，是岑瀾不跟妳計較罷了。妳的規矩得重新學學，這兩個嬤嬤，就常住妳府裡吧。朕這裡還有兩個，想必這四位定能好好教妳，改改妳這目中無人的臭毛病。」

榮華長公主沒想到，自己不僅沒把兩個嬤嬤甩出去，還多得兩個。出宮時，氣得說不出話來。

靜王本想進殿告衛岑瀾一狀，說他不敬皇后，隨意處置皇后賞賜的人。但在半路上聽說榮華長公主的事，立刻掉頭離開。

不得不說，衛岑瀾的維護讓祁雲菲心中滿滿都是感動。只是，感動之後，就剩下對他的擔憂了。

祁雲菲握著衛岑瀾的手，緊張地說：「王爺，您快讓嬤嬤們回來吧，她們畢竟是皇后娘娘賞賜的人。您這般處置，皇后娘娘會怪罪下來。」

衛岑瀾瞧著她眼中的憂色，笑著說：「莫要怕，回府之前，本王去見了皇上，這是皇上的決定。」

確切地說，下朝之後，平德帝就把他叫過去，問了昨日的事，便知是皇后和榮華長公主故意為之。本想讓皇后收回懿旨，但皇后一大早就派內侍去睿王府了。為了不讓平德帝跟皇后爭執，駁了皇后的面子，衛岑瀾便跟平德帝商議一番，決定這般行事。

孰料，他從宮裡出來，就遇到府裡的人，連忙快馬加鞭趕回去。

祁雲菲聽完，感動之餘，心中還是生出愧疚，知道自己有很多不足。皇家規矩嚴苛，前世她當皇貴妃時學過不少，但今生她不會進宮，不需要再學了。

現在她想學的，是如何做一個王妃。

「王爺，不如您找人教妾身規矩吧。」祁雲菲認真道：「妾身的確不懂那些，而且，王管事比較了解外院的庶務，不太通曉後宅之事。」

衛岑瀾看覆在自己大掌上的小手一眼，抬眼凝視祁雲菲，認真地說：「方才本王不是說了嗎？本王教妳。怎麼，妳也懷疑本王？」

看著衛岑瀾的深邃眼睛，祁雲菲的心怦怦直跳。「妾身以為您在開玩笑。」

「不開玩笑。」衛岑瀾笑著說：「以王妃的聰慧，想必很快就能學會。」

「嗯。」祁雲菲臉色微紅，揚起淺淺的笑意。

經過這兩日的風波，京城哪裡還有人敢懷疑睿王妃有多受寵。

衛岑瀾敢把皇后賞賜下來的教養嬤嬤直接轉送給榮華長公主和祁雲昕，這可不是一般人敢做的事，明晃晃打了皇后的臉。

可見，睿王妃是真的倍受寵愛，連祁雲昕都開始懷疑自己的判斷。

因為榮華長公主鬧出的事，最近一段時日，祁雲菲都沒有出門。

衛岑瀾說要教她規矩，然而，並不是請安那些禮儀，是京城高門之間的關係。

晚上，祁雲菲聽衛岑瀾講各府的趣事，白日就看鋪子的帳本跟進項。

接管鋪子已有數月，祁雲菲漸漸上手了。

她本不想改變什麼，但看著外面淅淅瀝瀝、下了約莫十日的雨，突然想起一件前世的事。

這年，北郡鬧旱災，朝廷忙著發銀錢跟糧食救助災民，但京城的雨水卻比往年都多，好多大戶人家和鋪子的存糧開始發霉。

不知是誰想出來的餿主意，把發霉的米麵低價賣給朝廷，摻在送往北郡的災糧中。

北郡的人吃了這些糧食，開始生病。

朝廷知道後，很是憤怒。消息傳到北郡，北郡的百姓鬧起民變。

在她的印象中，那幾個月很是混亂，躲在後宅，也不敢讓身邊的人出去。

這雨大概還會下上十日左右，等天氣放晴時，發霉的糧食就會送到北郡去了。

聽著耳邊傳來的雨聲，憶起前世那些恐慌的日子，再想到最近衛岑瀾似乎在忙著賑災之事，祁雲菲做了決定，吩咐吟春。

「請篤行街米麵鋪子的掌櫃過來。」

「是。」吟春應聲去了。

吟春出去後，香竹打著傘從外面回來。

祁雲菲連忙起身過去。「如何，見著姨娘了嗎？」

嫁給衛岑瀾後，祁雲菲依然不放心柔姨娘，只是如今的身分不方便相見，也怕給衛岑瀾惹麻煩。她知道京城傳得沸沸揚揚的流言，更不敢讓他失了面子。

然而，有了前世的前車之鑑，柔姨娘那邊，她也不能不管。

所以，每隔半個月，她便讓香竹以送東西為由，去見柔姨娘一面。

前幾日祁雲昕的威脅，她表面上不當一回事，實則放在心上。過沒幾日，就派香竹去瞧瞧。

「見著了，姨娘一切都好。」香竹說。

祁雲菲長長舒了一口氣。

「只是……」

「只是什麼？」祁雲菲緊張地問。

香竹端詳祁雲菲的臉色，抿了抿唇，道：「今日老爺恰好休沐在家，見奴婢去了，說了許多王妃的壞話，罵您無情無義，是不孝女。」

那日祁三爺信上說的，比這些要難聽百倍，祁雲菲並沒有在意。「不必理會。」又問：「他可有因此打罵姨娘？」

香竹琢磨一下，回答。「老爺想打，但被三夫人攔住，遂罵了幾句。姨娘本不讓奴婢跟您說這些，怕您擔心。只是，奴婢怕老爺再打姨娘，想來想去，還是跟您說。畢竟，之前老爺也不是沒打過姨娘……」說到最後，聲音極小了。

祁雲菲臉色很難看，拳頭緊緊握在一起。

香竹還在呢，祁三爺就敢打柔姨娘。要是香竹不在，李氏不在，不知會不會私底下動手。

她心中有一百句髒話想罵祁三爺，恨不得立刻去定國公府把柔姨娘接出來。但她知道，她不能，柔姨娘也未必會跟著她離開。

聽著屋外淅淅瀝瀝的雨聲，祁雲菲腦子飛快轉動，片刻後，心中有了個主意。

「研墨，我要寫信給母親。」

「是。」

第四十章

半個時辰後，李氏收到祁雲菲的信。

看著信中的內容，李氏嘴角的弧度漸漸加大。聽到外面傳來的動靜，立刻放下信走出去。

「老爺，柔姨娘罰不得！」李氏對站在迴廊處、想打柔姨娘的祁三爺揚聲道。

祁三爺氣極。「幹什麼？妳也敢管老子了?!」

李氏瞥跪在地上的柔姨娘一眼，笑著說：「老爺，少安勿躁。不是妾身想要管您，是因為柔姨娘是四姑娘的生母。」

「哼！我還是她爹呢！妳看看她什麼德行，自從入了睿王府，就忘了自己的身分，還敢攛掇睿王降老子的職！」祁三爺說著，又想動手了。

「慢著！」李氏出聲阻止，見祁三爺停下動作，才緩緩解釋起來。

「老爺，您也知道四姑娘是睿王妃，那更不能打柔姨娘。四姑娘有多在意柔姨娘，您也看到了。要是明日她恰好遣人來送東西，發現柔姨娘挨打，再去衛岑瀾那裡告狀，您的爵位未必保得住。

「如今咱們能有這個爵位，靠的可是四姑娘。今日她能讓您沒了戶部的差事，明日就敢讓您沒了爵位。」

一聽李氏提起這件事，祁三爺又氣又怕，手哆嗦幾下，終究沒有打下去。

現在他敢打柔姨娘，是知道祁雲菲隔半個月才會派人來看一次，今日瞧過，最近便不會來。可最近似乎不到半個月就來人，也不確定明日會不會再來。

「我真是生了個孽障！」說完，祁三爺甩甩衣袖，走出院子。

柔姨娘跪了許久，見祁三爺走遠，連忙向李氏道謝：「多謝夫人。」

「妳不必謝我，誰叫妳生了個好女兒呢？以後搬到我旁邊的側房吧。」李氏說完，吩咐站在一旁的丫鬟。「以後妳就伺候柔姨娘，要是老爺打柔姨娘，便來找我。」

丫鬟應下。

「好了，別跪著了，去收拾東西吧。」李氏道，轉身回了正房。

想起祁雲菲在信中寫的內容，李氏臉上又露出燦爛的笑。

看吧，祁雲菲終究還是明白，誰才是她能真正指望的。

眾所周知，祁三爺是不可靠的人。那麼，這個家剩下的男丁，只有她的兒子。

護著柔姨娘換來兒子去皇家書院讀書的機會，真是再划算不過。能進這個書院，前途就不用擔憂了。

身為睿王妃唯一的弟弟，有了睿王妃的照拂，前程還能差到哪裡去？

看祁雲菲對付祁三爺的架勢，她原以為那死丫頭會死命報復他們，沒想到死丫頭還是有點腦子，知道血濃於水。

男人哪有兒子可靠？

這些年來，李氏早已對祁三爺失望透頂，壓根兒不會指望他。想到祁三爺剛收的妖嬈賤婢已經懷孕，李氏就更加失望了。

祁雲菲聽前去送信的吟秋回來傳達李氏的話，長長吐出一口氣。

李氏是個聰明人，只要她答應了就好。

祁三爺很討厭祁老夫人，也不喜歡定國公府的嫡支，但為了在定國公府生存下去，李氏一直陽奉陰違，在祁三爺看不到的地方巴結嫡支。

為讓祁思恪去祁氏族學，李氏求了祁老夫人許久，還送不少好東西給她。

既然祁思恪是李氏的命脈，祁雲菲就許給李氏更大的利益。

雖說是皇家書院，但裡面的人並非全是皇室子弟，也有高官寵臣家的兒子。她記得，因著靜王的面子，靜王妃娘家的姪子就在裡面讀書，才這般許諾李氏。

祁雲菲想著，聽下人說糧食鋪子的掌櫃來了，便打起精神來。

原本她只是想問問情況，如今看來，有件事卻是不得不做了。

「讓他去花廳候著，我這就過去。」

祁雲菲請來糧鋪的掌櫃，是因為她看過帳簿，知道鋪子裡有多少存貨。

按照現在的買賣，十日內，那些糧食根本賣不完。別說十日，大概得一、兩個月才能賣光。

按照前世的記憶，這批糧食極可能發霉。

掌櫃進來，行了禮。「見過王妃。」

「嗯，起來吧。」

接著，祁雲菲問起鋪子裡的事。「如今生意如何？」

掌櫃道：「因為最近下雨，人沒有往日多，這十日約莫比平常少了兩成買賣。」

「嗯，存貨多嗎？」

「還請王妃放心，存貨極多，正好能撐到下一季糧食收上來。」

「如今陰雨連綿，你可有察看過存貨？」祁雲菲問。

掌櫃沒想到祁雲菲會問這個，怔了一下。「五日前曾去過，屋內有些潮濕，但糧食沒什麼問題。」

京城地屬北方，天氣乾燥，即便夏日乃暴雨時節，也極少會連下幾日的雨。

但祁雲菲知道，這場雨會下一個月左右。雨水多，屋內潮濕，糧食就容易發霉。

「這兩日再去看看吧，這雨不知會下到什麼時候，及早做好準備。」祁雲菲道。

雖然掌櫃覺得京城不太可能繼續下雨，但祁雲菲說了，自然不會反駁，躬身應下。

吃完晚膳後，祁雲菲跟衛岑瀾說提起此事。

「王爺，京城的雨下了約莫十日，如今屋內甚是潮濕。不知這雨要下到何時，咱們鋪子裡的糧食會不會發霉？」

衛岑瀾聽後，看向屋外。外面漆黑一片，只能看到迴廊裡的燈籠在風雨中搖曳。耳邊聽見的，是淅淅瀝瀝的雨聲，敲打在石階跟瓦片上。

忽然，一陣風吹進來，屋內的蠟燭半明半滅。

「妳怎麼想呢？」衛岑瀾側頭看向坐在身側的祁雲菲。她的心思很好理解，聽語氣，便感覺到她心中已經有了想法。

祁雲菲抿了抿唇。「不如咱們便宜賣了那些糧食吧。此時賣了，還能賺些錢。若是等雨越下越多，糧食發霉，到時可就壞在手裡了。」

那兩座倉庫的糧食，少說也值幾千兩銀子，她覺得不好私下決定，便先問衛岑瀾。

沒想到，衛岑瀾問也沒問，直接道：「鋪子給了妳，便是妳的。妳決定就好，無須問本王。」

祁雲菲愣了一下，這似乎跟她想的不太一樣。鋪子怎麼會是她的呢？分明是衛岑瀾的，她僅是替他看管，收益會放在公中。

「妾身只是替您管著，不是……」

聽到祁雲菲的話，衛岑瀾抬手揉揉她的頭髮，正欲開口，侍衛進來了。

「王爺，戶部侍郎來了，說北郡有急報。」

衛岑瀾的臉色頓時變得嚴肅。「嗯，先讓他等著，本王隨後過去。」

侍衛走後，衛岑瀾從榻上站起來，看看眼含擔憂的妻子，握了握她的手。

「鋪子就當是本王給妳的聘禮，算是妳的嫁妝跟私產，想怎麼處理都可以。」

說完這些，衛岑瀾又摸摸祁雲菲的頭髮。「本王要去前院議事，可能晚些回來。妳先睡，不必等我。」

他交代完，便出去了。

衛岑瀾走後，祁雲菲仍在發呆。

他說，那些鋪子是給她的嫁妝？

她本想著，自己知道前世的事，所以提前把鋪子的米麵、糧食低價賣掉，為他減少損失。然後等其他商鋪想把發霉的糧食賣給官家時，再提醒他，把這場災難化作無形，幫一幫他。

這樣的話，她做了事，也好求他讓祁思恪去皇家書院讀書。

但沒想到，衛岑瀾把鋪子送給她了。

祁雲菲心裡五味雜陳。

如果她此刻告訴衛岑瀾，想讓娘家弟弟進皇家書院，衛岑瀾一定會答應。

可她不願這樣麻煩他，不想一味索取，想讓自己變得有用些，幫他的忙。

如今他直接送出鋪子，那她做的事情便顯得微不足道。她得再好好想想，重活一世，能在什麼地方幫上衛岑瀾。

然而，直到衛岑瀾回房，她都沒能想出來。

衛岑瀾進房後，眉心緊鎖，祁雲菲上前替他揉了揉。

「您是不是有什麼煩惱？」祁雲菲忍不住問道，說不定她能出出主意。

衛岑瀾不願讓這些差事擾了妻子，可是妻子開口問了，還是回答。

「去年北郡乾旱，顆粒無收，戶部侍郎來找本王商議賑災之事。」

其實，賑災的事已經忙得差不多。然而，有個郡守昧下賑災銀子，北郡百姓生活悽苦，開始暴亂。

郡守壓不住了，才修書求救。

衛岑瀾氣的便是這個郡守，但郡守要處置，百姓也須安撫，賑災的糧食也得盡快運過去。

聽到衛岑瀾的回答，祁雲菲怔了下。衛岑瀾做的事，竟然跟她想到一處了。

既然衛岑瀾在擔憂北郡百姓，何不趁著發霉之前，把京城的糧食運到北郡？

因為心頭想著事，祁雲菲有些不專心，直到手被他握住，才回過神來。

「想什麼呢？」衛岑瀾捏捏祁雲菲的掌心。

這次，祁雲菲終於沒再臉紅了，看著衛岑瀾，認真地說：「妾身有個法子，不知當講不當講？」

「什麼法子？」

祁雲菲琢磨一下，道：「方才妾身不是擔心倉庫的糧食發霉嗎，想早些賣掉。」

「嗯。」衛岑瀾點頭，他還記得她說過的話。

「妾身想著，京城一直下雨，不知何時才會停，萬一再下上半個月，京城附近的糧倉豈不是都要發霉？與其等著糧食壞掉，不如趁早拿出來，運到北郡。咱們離那邊也不遠，大約一、兩日，糧食就能送到了。

「今日妾身問過糧鋪掌櫃，那些糧食幾日內應該無礙。這樣，既沒有浪費糧食，又緩解北邊的災情，對雙方而言都是好事。」

衛岑瀾聽著，望屋外一眼。

剛剛回來時，雨已經停了，可不知何時，又下了起來。

仔細算算，這雨約莫下了十多日，實在不對勁。京城在北邊，雨水向來稀少，如今未到夏季，卻如此多雨，的確不是個好兆頭。

前幾日，他去欽天監問過，欽天監只推測最近幾日還要下雨，不知接下來會如何。

若真的再下半個月的雨，倉庫裡的糧食的確要發霉了……

祁雲菲見衛岑瀾一直沒講話，以為他不相信，連忙道：「王爺，妾身不是信口胡說，妾身問過掌櫃，如果繼續下雨，糧倉未必能一直保持乾燥。」

衛岑瀾收回望向窗外的目光，凝視面帶急色的妻子。

「雨可能真的不會停，妾身也問了府裡的老人，他們有經驗。」祁雲菲說完，又覺得這個理由不太可靠，連忙補充一句。「要不，您問問欽天監？」

見祁雲菲著急，衛岑瀾笑了。「本王不是不相信，只是，沒想到妳有如此眼界。」

說實話，連他都沒能聯想到一處去。

京城畢竟是北邊，雨水少，並未在防潮上下功夫。與其等著糧食發霉，不如在發霉之前，把糧食運到更需要的北郡。

等京城的糧食吃完，在新的糧食收上來前，還可以先去別處進一些。

這樣的話，誰都沒有損失。

要是等到京城的糧食發霉，好的糧食吃完後，又要去別處運。但大齊的存糧大部分都送到北郡去了，所剩無多。

如此一來，京城也會缺糧。

被衛岑瀾一說，祁雲菲的臉紅了。她不過是多活一世，有些記憶罷了，哪裡有什麼眼界。

祁雲菲垂下頭，不敢看衛岑瀾的眼睛。「您過獎了，妾身不懂這些事，都是聽旁人說的。」

「京城是大齊最重要的城池，但本王並未想到要把京城的存糧送到北郡，多虧了妳提醒。」

祁雲菲的臉更紅。

不過，這倒是跟前世的事吻合了。

前世，北郡發生旱災後，是從南方運糧去賑災。過了沒幾日，不知是誰提議，說北郡的百姓可憐，想低價把糧倉裡的糧食賣給朝廷，做為賑災之用。

起初，大家紛紛稱讚糧商們，等到後來北郡發生暴亂，朝廷砍掉幾個人的腦袋，才明白這些黑心的人到底存了什麼主意。

那時，南邊的糧食多半送到北郡，已無多少存貨。而京城糧食大多發霉，也不能吃，糧食因此缺了好一陣子。

如今若是直接把京城的糧食送到北郡，就能解北郡的燃眉之急。雨停之後，南邊的糧食運上來，也能除去京城的麻煩。

「妾身擔不起這些誇讚，能幫到您就好。」祁雲菲小聲地說。

衛岑瀾笑起來。「能，菲兒幫了本王很大的忙。」

一聽衛岑瀾叫她小名，祁雲菲剛剛恢復如常的臉色又爆紅了，心跳漸漸加快。

衛岑瀾瞧著她害羞的樣子，抬手輕撫她的臉，又摸她的耳朵，身子向她靠近。

祁雲菲哆嗦一下，迎向他……

窗外雨聲潺潺，屋內滿室生春。

第四十一章

第二日一早，衛岑瀾去見欽天監監正。

欽天監監正行完禮，恭敬地說：「不知王爺有何吩咐？何須親自來，讓人帶個話，下官過去便是。」

「本王的確有事。」衛岑瀾問道：「大人，欽天監可有推測過，如今京城的雨，幾日會停？」

欽天監監正皺眉。「下官也說不準。」

「三日內可會停？」

「不會。」

「五日？」

「十日？」

欽天監監正遲疑一下。「不太可能。」

「應該可以吧。」

「可能推測？」

欽天監監正臉色一變，搖搖頭。「不能。」

衛岑瀾擰眉。「也就是說，你亦不能確定十日內雨會停了？」

欽天監監正撲通跪在地上，請罪道：「王爺恕罪，下官從沒見過京城下這麼久的雨，所以才推測不會下太久。」

衛岑瀾站起身，朝外面走去。「起來吧，記得每日向本王稟報京城的天象。」

欽天監監正連忙應聲。「是，下官記住了。」

接下來，衛岑瀾去了自家鋪子的糧倉。

他進去之後，看著倉內，聞聞裡面的味道，微微沈了臉。

「請司農所的大司農過來。」

侍衛應聲而去，兩刻鐘後，大司農來了。

大司農行過禮，衛岑瀾不多說廢話，盯著面前的糧食，問道：「如果京城繼續下雨，這些糧食幾日內會發霉？」

大司農還沒來得及去當值，半路上就被侍衛帶來。路上不停地想，自己最近有沒有做錯事，惹了衛岑瀾不高興？可思來想去，也沒想出到底犯了什麼錯。

直到衛岑瀾說出這句話，大司農的心才放下來。

大司農拿起糧食聞了聞，又打量糧倉四周，道：「如果京城一直如今日這般下雨，不出十日，定會發霉。」

瞧衛岑瀾的臉色極為難看，大司農又補充一句。「不過，老臣覺得王爺不必為此事擔憂，京城絕不會下那麼久的雨，這幾日應該就停了。」

接下來，衛岑瀾又領著大司農去其他鋪子的糧倉，看完之後，結果差不多。有些糧倉甚至已經有了發霉的跡象。

巡視完，衛岑瀾突然慶幸，自己娶了個好妻子。

京城向來乾燥，很多人並不把這場雨當一回事。別說他，連長年掌管糧倉的掌櫃、欽天監、司農所都沒想到糧食會發霉。

於是，衛岑瀾帶著一些糧食，進宮去見平德帝了。

一會兒後，衛岑瀾出宮去了戶部，召集戶部所有官員，也把京城府尹找過來。

「如今京城的糧價如何？」

「百姓們吃的，三到五文錢不等。好些的是一斤十文錢，再好，還有一斤二、三十文的。」

「嗯。此次送往北郡的糧食，先從京城糧倉取，不足再去南邊調。」衛岑瀾道。

這話一出，滿場譁然。賑災向來用的是官糧，如今收用百姓的算怎麼回事？然而，衛岑瀾的命令，沒人敢反駁，只得應下。

「告訴糧商，欽天監測算，三日內，雨定不會停，五日內不好說。這場雨許會持續下半個月，讓他們盡快把糧食賣給朝廷，朝廷按照市價來買。」

衛岑瀾說完，伸出手。「這是本王從幾處糧倉中取來的糧食。」

眾人上前，聞過糧食的味道之後，沒人再出聲了。

「記好各家糧倉賣來的糧食。告訴糧商，若是雨在五日內停了，便從南邊糧倉調出同樣多的糧食，以相同價錢再賣給他們。」

衛岑瀾想，如果判斷失誤，就把糧食還給他們。但若判斷正確，那些糧食又送不出去，就只能等著發霉了。

「王爺心善。」有人開始拍馬屁。

衛岑瀾冷冷看那人一眼，見那人垂下頭，才道：「切記，這是給北郡救命的，千萬不能用發霉的糧食以次充好。」

這哪裡是心善不心善，大齊的百姓都是他的子民，他要對每一個人負責。

「本王會去京郊調兵來看守，明日午時之前，務必完成此事。」

「是！」

衛岑瀾此舉，得到不少人的回應。睿王府的鋪子第一個照辦。

然而，有些人並不配合。

在糧商那裡弄到一半糧食之後，當天下午，京城隱隱有了別的流言。

有人說衛岑瀾危言聳聽，認為京城不會下那麼久的雨。也有人投機取巧，當其他人把存糧給朝廷之後，他們的糧價就可以漲了。

此時，衛岑瀾正在睿王府的前院裡，聽到京城府尹來報，派人去查。

侍衛很快回來，稟道：「回王爺的話，消息是從篤行街的某家糧鋪裡傳出來的，那家鋪子背後的主子，是榮華長公主府。除此之外，靜王府跟皇后娘娘的娘家也攙和其中，還有……」

侍衛說著，忽然猶豫起來，頓了一下。

衛岑瀾立刻發現不對勁。「嗯？」

「定國公府。」侍衛回答。

衛岑瀾把雙手負在身後，看向外面淅淅瀝瀝的雨，臉色未變，似乎對這個結果毫不意外。

片刻後，他道：「再去問問他們是否要賣給朝廷。若是不賣，也不必強求。」

這群人家大業大，既然不想賣，還想伺機大賺一筆，就沒什麼好說的了。

至於那些被蠱惑的小鋪子，仍須勸解，萬一存糧發霉，損失會更大。

「其他沒根基的鋪子，再耐心解釋幾遍，分析利弊，儘量說服他們，把糧食賣給朝廷。如果實在不想賣，那便算了。」

說到底，這些糧商都是商人，利益為上。他是不忍京城糧鋪裡的糧食發霉壞掉，白白浪費，所以才會這麼做。既然他們不領情，也不必太過執著。

再說了，或許京城的雨會早一點停，這樣對大家都好。

官員和侍衛的動作非常快，當晚，京城十之七八的糧食，都收入了朝廷手中。

外面的動靜那麼大，祁雲菲早就聽說了。

雖然昨日她的確存著想把危險化為無形的心思，但沒想到衛岑瀾居然那麼聽她的。

衛岑瀾的信任對她來說，彌足珍貴。

晚上，祁雲菲讓廚房做了幾道衛岑瀾喜歡吃的菜，席間還破天荒地飲了酒。

「謝謝您。」祁雲菲敬衛岑瀾一杯。

衛岑瀾挑眉，拿起桌上的酒杯把玩著。「謝本王什麼？」

「謝謝您相信妾身。」祁雲菲紅著臉說道。只是，不知今日這緋紅的臉色，到底是因為害羞激動，還是因為飲了酒。

「王妃客氣了，本王要謝謝妳才是。」衛岑瀾說完，將手中的酒一飲而盡。

祁雲菲的心情似乎很好，吃了幾口菜後，又忍不住替自己倒了一杯酒。

酒還沒喝，話卻突然多了起來。

「……說到底，還是要謝謝您，謝謝您相信我。從小到大，很少有人信我，即便最疼愛我的姨娘也不信。他們覺得我是個內宅姑娘，什麼都不懂，無論我說什麼，都不肯相信。」

衛岑瀾打量祁雲菲的臉色，如實道：「這不全是因為妳說的話。今日本王還去了欽天監和戶部，也察看了各處糧倉。」

祁雲菲笑了，端起酒喝下，湊近衛岑瀾，輕聲說：「不，不一樣的。您去查證，證明您把我的話當真，信了我。若是不信，絕不會查。」

當初她跟柔姨娘說祁三爺的不是，想帶著柔姨娘逃跑，柔姨娘還懷疑她撞了邪。

瞧著近在眼前的俏臉，衛岑瀾笑了。「妳是本王娶回來的王妃，不信妳，本王還能信誰？」

祁雲菲臉上的笑意加深，靜靜地看著衛岑瀾，接著突然伸出手，摸摸他的臉。

衛岑瀾沒料到她會有如此舉動，愣了一下。

「您長得真好看。」

聽到這句話，衛岑瀾瞇了瞇眼。

「眼睛好看。」祁雲菲說著，去摸衛岑瀾的眼睛。

「鼻子好看。」祁雲菲手指往下，摸了衛岑瀾的鼻子。

「嘴巴也好看。」祁雲菲摸向衛岑瀾的嘴巴。摸著摸著，突然笑起來，手拿開，親了上去。

衛岑瀾見狀，正想回應，然而下一瞬，唇上的溫熱離開了。

臉色紅潤的祁雲菲，狡黠地笑著問他。「您的心跳聲真大。」

衛岑瀾勾起嘴角，把一直調戲他的祁雲菲抱入懷中，低垂著頭看她。

「難道不是妳的嗎？」

祁雲菲笑著摟住衛岑瀾的脖子，誠實地搖頭。「不，不是我的，是您的。」說著，把手放在衛岑瀾的胸口上，摸摸這邊，再摸摸那邊。

衛岑瀾實在忍無可忍了，把祁雲菲抱起來，朝裡間走去。

第二日，不知為何，天氣突然放晴了。

昨晚原想把糧食賣給朝廷的商戶後悔了，今日再去問時，說什麼都不賣。

有了衛岑瀾的吩咐，奉命採買的人也不強求。

最終，午時之前，京城的八成糧食收入朝廷手中，趁著沒下雨，立刻裝上車，送往北郡。

當天下午，京城的糧價突然漲了。

原本每斤三到五文錢，如今卻變成六文。那些把糧食賣給朝廷的人，看著放晴的天空，都在後悔，背地裡沒少罵衛岑瀾。

榮華長公主聽著下人來報，樂得笑了，又命人去推波助瀾。

之前衛岑瀾敢這般羞辱她，就別怪她對他不客氣！

定國公府那邊，鋪子是羅氏在管，不把糧食賣給朝廷，也是她決定的。此刻聽到風聲，連忙讓人跟著榮華長公主府的鋪子一起抬價。

然而，她之所以敢這麼做，是因為聽了祁雲昕的話。

跟祁雲菲一樣，祁雲昕也記得前世發生的事，知道北郡百姓是因為發霉的糧食而開始暴亂。

前世，她也曾把發霉的糧食摻在好的糧食裡賣給朝廷。事後，衛岑瀾狠狠罵了她一頓，讓她很是生氣。她明明給那群賤民吃食，那些人竟然還不知道感恩。

事後，朝廷從南邊運來糧食，比之前的貴了很多。她想囤一些賣掉，但又被衛岑瀾制止，一顆也沒給她的鋪子。
雖然都知曉前世的事，不過，祁雲昕跟祁雲菲的想法不太一樣。
一開始，祁雲昕也想過儘早把糧食賣掉，免得最後發霉壞在手中。但當她聽說朝廷開始收糧食，背後的主使是衛岑瀾時，就不這麼想了。
她恨極了衛岑瀾，不想讓他如意。
糧食過幾天才會壞，要是現在京城沒了存糧，其他有糧食的鋪子，豈不是可以抬價？如同前世從南邊運來的糧食一樣，畢竟物以稀為貴。
祁雲昕覺得自己非常聰明，想明白之後，便告訴靜王和定國公府。
靜王本就有這個打算，跟祁雲昕不謀而合，自然支持她了。
當晚，京城下了一場暴雨。
第二日一早，糧價漲到一斤七文錢。
事情傳到衛岑瀾耳中，衛岑瀾立刻把京城府尹叫來，要他帶人去處理此事，言明絕對不能抬價，否則加重處罰。
午時，糧價又降回了五文錢。
為了防止百姓搶著買糧，衛岑瀾還派人去家家戶戶說一聲，存糧太多，容易發霉。

過幾日，南邊會運糧過來，保證糧食充足。

榮華長公主聽到消息，氣得摔了杯子，在家狠狠罵衛岑瀾。

另一邊，祁雲昕沒想到衛岑瀾連這種小事都管，也氣得不輕。

衛岑瀾怎麼跟從前不一樣了？前世分明沒有這件事，一開始，就是從南邊運糧到北郡。京城送糧食的事，則是發生在七、八日後。

祁雲昕突然想起，之所以不一樣，是因為前世衛岑瀾並未插手此事，而是由靜王來辦。可今生卻是衛岑瀾插手，靜王一直閒著。

衛岑瀾不是不想當皇帝嗎？怎麼會插手？

祁雲昕思索許久，發現兩世唯一不同的，大概是她跟祁雲菲交換親事。難不成，就因為她們換過來，所以事情發展都不一樣了嗎？

她得讓衛岑瀾把賑災的事交給靜王，讓靜王脫穎而出。這樣的話，既能助靜王登基，又能順利賣掉倉庫中的糧食。

但交換親事之舉，似乎讓衛岑瀾不喜靜王，也不肯給他差事。該怎麼做，才能讓衛岑瀾答應？

祁雲昕想來想去，把主意打到祁雲菲身上。

衛岑瀾似乎對祁雲菲比對她好。雖然很鬱悶，但她不得不承認。

既然衛岑瀾看重祁雲菲，而祁雲菲又在意柔姨娘，那關鍵便在柔姨娘身上。

想到祁雲菲那日威脅她的話，祁雲昕的臉色有些陰沈。再想到前世，即便貴為皇貴妃，祁雲菲依舊聽定國公府的話，才漸漸冷靜下來。

不過，為了防止事情有變，她還是先打聽定國公府的近況，遂去信問羅氏。

等到下午，收到羅氏的回信，祁雲昕笑了。

原來，她那奸猾的三叔如今這麼討厭祁雲菲啊。想到祁三爺的爵位和官職，祁雲昕理解了，女兒明明嫁入高門，可他的官位卻不升反降，任誰都很煩。

隨後，祁雲昕便提筆給祁雲菲寫信了。

第四十二章

祁雲菲收到信之後，看著信上的內容，很是憤怒。

……如今三叔只是子爵，對妳和柔姨娘很是不滿呢。既然妳這般沒用，三叔未必會繼續給妳面子。柔姨娘的賣身契，還握在三叔手中，要是她不小心死了，妳說官府會不會管呢？若妳不按照我說的做，就別怪我不客氣了。

祁雲菲真的很氣，一下想到了前世的事。

前世，縱使她貴為皇貴妃，定國公府依舊不聲不響害死了柔姨娘。這事沒有激起絲毫的水花，甚至在柔姨娘死的時候，她也沒有得到任何消息。

如今，她是睿王妃，身分還不如皇貴妃。

如果真如祁雲昕所說，定國公府想弄死柔姨娘，李氏會不會遞消息給她？

她知道李氏已把柔姨娘放在眼皮子底下看著，擋住祁三爺的打罵，可她還沒兌現對李氏的承諾。要是此刻祁老夫人和羅氏執意為難柔姨娘，李氏會不會幫她？

李氏向來喜歡攀附高枝，如果祁老夫人動手，她未必會誠心幫忙，說不定會睜一隻眼、閉一隻眼。真的出事，想必也會推託乾淨。

想到這些，祁雲菲心裡越發著急，在屋裡走來走去。

難道，她真的要答應祁雲昕的要求嗎？

祁雲昕想讓靜王去主持賑災之事。

她記得衛岑瀾說，賑災最大的困難已經解決，想必此刻已無要務。真讓靜王去，是不是沒什麼影響？再說，以後靜王要當皇帝，此刻去賑災，也合情合理。

衛岑瀾幫了靜王，等靜王登基後，或許能對衛岑瀾好一些？

可是，她不想讓祁雲昕如意，不想被祁雲昕威脅。以祁雲昕的性子，對她的威脅只會多，不會少。她答應一次，後面肯定還有更多次。

若是不答應，柔姨娘真如前世一樣被害死怎麼辦？

直到太陽西斜，祁雲菲仍沒想出對策。

晚飯前，衛岑瀾回來了。

祁雲菲站在門口，看著走進院子的衛岑瀾，抿了抿唇。

她可以依靠他嗎？

衛岑瀾進來，祁雲菲拿過丫鬟手中的帕子，擦擦他身上的雨水，問了一句。「今日忙嗎？」

「不忙。」

「糧食可送到北郡去了？夠不夠？」

「今日酉時到北郡，此刻想必已經發到百姓手中。不過，應該還不夠，再從南邊調一些過去便是。」

「那個……」祁雲菲張口，想說什麼，可看著衛岑瀾寬厚的背影，還是沒說出來。

「嗯？」衛岑瀾轉身看她。

祁雲菲停頓一下，閉上嘴，瞧廚房的人開始擺飯，便道：「沒什麼，先吃飯吧。」

衛岑瀾盯著她，打量了幾眼。「好。」

席間，祁雲菲如往日一般替衛岑瀾挾菜，可衛岑瀾就是覺得，她似乎有心事。

飯後，衛岑瀾沒去前院，坐在榻上看書。

等了一刻鐘左右，衛岑瀾終於等到祁雲菲開口了。

「王爺，妾身有事想跟您說。」祁雲菲道。這句話用了她許多勇氣。

見衛岑瀾看過來，祁雲菲抿了抿唇，說：「最近您太辛苦了，不如好好歇歇吧。剩下的事，就交給……交給……」

發現衛岑瀾認真的眼神，祁雲菲不敢看他，低下頭。「就交給靜王去做吧。」

衛岑瀾沒想到自己的王妃會說出這番話，瞬間想到了一些事。
當初，他的王妃可是要入靜王府的。
而進宮謝恩那天，祁雲菲見到靜王時，險些失態。
「為何？」
祁雲菲依舊不敢看衛岑瀾，咬了咬唇。「妾身就是覺得您太辛苦了。」
「為何是靜王？」衛岑瀾問得更細。
當初，靜王可是把所有事情推到祁雲菲身上，可祁雲菲不僅不恨，竟然還在這種時候向他推舉靜王。
聽衛岑瀾這麼問，祁雲菲閉閉眼，昧著良心說：「因為靜王才智過人，因為……」
她實在說不下去了。
靜王是前世害死她的凶手，有些話，她實在說不出來，也不想幫他。她不只不想幫忙，還想冷眼旁觀，看他倒楣。
「不是……」
祁雲菲正欲說出真相，卻聽衛岑瀾道：「好。」
祁雲菲沒想到衛岑瀾這麼快就答應，猛地抬頭望向他。
「此事如王妃所說，交給靜王。」

祁雲菲眼眶突然紅了起來，看著衛岑瀾複雜的神色，撲通一聲跪在地上。

衛岑瀾皺眉，伸手去扶祁雲菲。「這是做什麼？本王不是答應妳了嗎？」

不想，祁雲菲哭得更加傷心，縱使衛岑瀾伸手扶她，也沒起身。

衛岑瀾無奈，站起來，想要抱她。

孰料，祁雲菲誤會了，抱住衛岑瀾的腿，淚眼婆娑地祈求。「王爺，求您救救我姨娘吧。」說完，大哭起來。

祁雲菲哭了好一會兒。

衛岑瀾彎腰抱起她，放在榻上。又去拿帕子，幫她擦臉。

等祁雲菲平靜下來，衛岑瀾甚是溫和地問：「到底怎麼了，跟本王說清楚。」

祁雲菲點頭，抽抽噎噎地開始說：「大姊姊拿姨娘的性命威脅我，要我求您把賑災的差事讓給靜王。」說著，把收在懷中的信遞給衛岑瀾。

見衛岑瀾看信時一言不發，祁雲菲怕他不信，接著道：「姨娘過得非常苦，父親常常打罵她。妾身嫁過來之前，姨娘差點就被父親賣了……您救救她好嗎？」

祁雲菲說著，又要跪下，不過這次被衛岑瀾阻止了。

衛岑瀾按住祁雲菲的肩膀，認真地問：「這樣的事，為何不早些跟本王講？」

聽到衛岑瀾一如既往的信任語氣，祁雲菲的眼眶又濕了，哽咽地說：「妾身不想給您惹麻煩，怕丟您的臉。」

她知道自己是什麼身分，也自知配不上衛岑瀾。

同樣地，她更清楚柔姨娘的身分。前世，她一在靜王面前提起柔姨娘，靜王臉色就很難看，也不會幫她。所以，她一直不敢跟衛岑瀾說。

除此之外，還有一個原因，衛岑瀾待她越好，她就越不敢麻煩他。她總想替他做些事，希望可以幫幫他。

「傻瓜。」衛岑瀾摸摸祁雲菲的鼻子。

雖然小妻子哭了，可不知為何，衛岑瀾卻覺得有些開心。初見時，他就察覺到小妻子心裡似乎憋著事，卻不明白她到底想做什麼。

他知道她賺錢，以為是為了替祁三爺還債。

他也知道她想逃跑，以為她是想躲避入靜王府的親事。

雖然這麼想，但他總隱隱覺得哪裡不太對勁。直到祁雲菲把心中的話說出來，他才終於想通。

原來，她一直都想帶著親娘逃命，除了靜王府，她們還想逃離定國公府。

而且，他的王妃跟靜王的關係，看起來很糟糕，剛剛那番話定然不是出自真心。

瞧著祁雲菲迷茫的眼神，衛岑瀾使了些勁，把她抱入懷中。

「哭什麼，早跟本王說不就是了。」衛岑瀾低聲道。

祁雲菲抿唇，不敢看衛岑瀾的眼睛。

衛岑瀾卻覺得她此刻甚是可愛。

「明日本王隨妳一起去定國公府，把姨娘接出來。」

祁雲菲聽了，終於敢正視衛岑瀾，不可置信，結結巴巴地說：「不、不用了吧。這樣不好……」

柔姨娘是祁三爺的女人，除非自願離開，否則她實在想不出能救柔姨娘的方法。若是他們明天硬把柔姨娘帶走，想必會成為京城的笑柄。

衛岑瀾卻道：「怕什麼，有本王在，妳儘管放心。」

瞧著衛岑瀾滿臉自信的模樣，祁雲菲小心翼翼地問：「這樣會不會給您添麻煩？」

衛岑瀾捏捏她的臉。「怎麼會？妳是本王的王妃。」

祁雲菲咬了咬下唇，沒再說話。

衛岑瀾倒是想起一事，問道：「前幾日，妳可是有事情想跟本王說？」

祁雲菲愣了一下，不明白衛岑瀾在說什麼。

「香竹從定國公府回來那日。」衛岑瀾提醒她。

祁雲菲想起來了，雖有些猶豫，還是說了。衛岑瀾連去救柔姨娘的事都答應，這個就算小事吧？

「我得知姨娘被父親罰了，便讓香竹給母親遞信，讓母親護著姨娘。」

「條件呢？」

「條件就是……讓四弟弟進皇家書院。」說完，祁雲菲立刻補充一句。「對不起，沒經過您的同意，私自做出此事。」

衛岑瀾卻笑了起來。「莫要道歉，本王很欣慰。」

「嗯？」祁雲菲愣了一下。

「王妃如此聰慧，本王開心還來不及。」

被衛岑瀾誇獎，祁雲菲臉色微紅。

昏暗的燭光下，祁雲菲緋紅的臉色像是染上一層柔和的光。

衛岑瀾忍不住用大掌摩挲幾下，隨後，嘴唇代替手掌，覆了上去。

情到濃時，祁雲菲一聲聲喊著。「王爺……」

衛岑瀾低沈道：「本王名叫衛岑瀾，王妃可喚本王小名。」

「岑……岑瀾……」

祁雲菲喘息著，再也說不出話了。

第二日一早，聽到身邊有動靜，但祁雲菲實在太睏，醒不過來。然而，昨晚有件事沒說清楚，她還是在衛岑瀾下床之前勉強睜開眼，一把抓住他的衣襬。

衛岑瀾正欲起身，突然發現衣襬被抓住，轉過頭，見自己的王妃瞇著眼睛，睡眼惺忪地看著他。

「怎麼了？」衛岑瀾垂頭問道。

「您千萬別把賑災的事交給靜王。」祁雲菲直截了當地說。

衛岑瀾微微一怔，心情甚好，親親她的額頭。「好，妳放心，不會的。時辰尚早，妳再睡一會兒。」

「嗯。」

祁雲菲實在太累，衛岑瀾一離開，她又睡著了。

等祁雲菲醒來，吃完飯，離開睿王府時，已經過了巳時。

坐在馬車上，祁雲菲比上次回門還要緊張。不過，緊張之餘，內心又非常激動。

想到柔姨娘今日就能離開定國公府，她臉上的笑意怎麼都止不住。

「笑什麼？」衛岑瀾柔聲問道。

「王爺，今天姨娘就能離開了對嗎？」祁雲菲轉頭道。

「對。」衛岑瀾肯定地說。

「嗯，那就好。」祁雲菲笑著點頭。

看見她笑，衛岑瀾也笑了起來。

夫婦倆到定國公府時，定國公早站在門口等著了。

衛岑瀾率先掀開簾子下車，接過侍衛手中的傘，轉頭去牽祁雲菲的手，小心翼翼地扶她下來，朝府裡走去。

進去後，衛岑瀾和祁雲菲一左一右坐在上首。

這次，祁雲菲沒再像之前那樣緊張。

「不知王爺和王妃突然到訪，所為何事？」定國公笑著問。同時，心裡也在打鼓。前幾日羅氏做的事，他也知曉，不知衛岑瀾是不是為此而來。

「聽說柔姨娘的身子不太好，恰好本王在京郊有個溫泉莊子，特意來請姨娘去莊子住幾年，養養身子。」衛岑瀾沈聲道。語氣平常，卻包含著一股不容拒絕的味道。

住幾年？雖然衛岑瀾沒明說，但聽這話裡的意思，是要接走柔姨娘，不回來了？

定國公心裡一緊，看向坐在衛岑瀾身側的祁雲菲。

從前祁雲菲做過的事，他早已知曉。這個庶女看起來柔弱，但行事很是大膽，入靜王府前夕，還試圖帶著柔姨娘逃跑。羅氏把柔姨娘關起來，才迫使她聽話。可見，祁雲菲很在意柔姨娘。

越是如此，他越不能輕易把柔姨娘交出去。畢竟，祁雲菲雖出自定國公府，卻絲毫不為定國公府的將來考慮。不僅不幫襯自家堂姊，連親生父親都不幫。這樣的人，須得握住她的把柄，才能牽制她。

怎麼說，祁雲菲都是占了定國公府的名頭，才能嫁給衛岑瀾，不能不為他們做事！

「怎麼，定國公是不想讓本王送王妃的姨娘去養病？」衛岑瀾再次開口。

定國公嚇得抖了下，連忙笑著回話。「下官不敢。下官這就去找三弟，讓他把柔姨娘請來。」

衛岑瀾淡淡道：「嗯，速去速回，本王和王妃在這裡等著。」

定國公往外走，又對羅氏使眼色，羅氏便跟在他身後出來了。

走出院子，定國公沈下臉色，羅氏也是一臉著急的模樣。

「老爺，睿王這是想把柔姨娘接走嗎？」

「對。」

羅氏蹙起眉頭。「要是真讓他帶走柔姨娘，以那丫頭涼薄的性子，肯定不會再給咱們好臉色，說不定還會報復。咱們不能給啊。」

定國公的神色極為陰沈，沒了剛剛在衛岑瀾面前的小心翼翼。

「妳當我不知道嗎？問題是，睿王已經開了口，咱們不能不應，得想別的法子拒絕才好……」

片刻後，羅氏突然低聲說：「老爺，咱們不能違抗睿王的命令，但可以從柔姨娘那邊下手！」

定國公看羅氏一眼。「夫人這是何意？」

羅氏道：「之前四丫頭想帶著柔姨娘逃跑，柔姨娘沒答應，不僅如此，還去廟裡求東西給四丫頭喝。柔姨娘就是個村姑，見識短淺……」

一聽羅氏的話，定國公臉色好看起來，心裡有了個計謀，附在羅氏耳邊吩咐幾句。

羅氏露出笑容，點點頭，快步去了三房。

第四十三章

柔姨娘並不知女兒今日回來，正在屋裡繡小孩子用的肚兜。

雖然祁雲菲還沒懷孕，但她已經開始準備了。

她正繡著呢，有個丫鬟過來道：「柔姨娘，睿王和睿王妃來了，說是要把您接走。您快收拾收拾東西，跟著他們去吧。」

丫鬟說完，便離開了。

柔姨娘露出詫異的神色。雖然祁三爺待她不好，但她從沒想過要離開定國公府。

上次，她分明已經跟女兒說過，不要再提這件事，她不會走的。可這次祁雲菲又提了，還是藉著衛岑瀾的嘴開口。

柔姨娘有些不高興，覺得女兒太糊塗，居然仗著衛岑瀾的寵愛提出這樣的要求。女兒的身分本就低微，配不上衛岑瀾。她的身分更是上不得檯面，怎可拿她的事去煩他。

只是，生氣煩躁之餘，柔姨娘心底卻升起淡淡的喜悅。

她可以離開定國公府了，離開這個關了她大半輩子的院子……一想到可以不再受到定國公府的約束，不用再被祁三爺打罵，她突然覺得，這未嘗不是一件好事。

只是，若自己的快樂建立在女兒的痛苦上，她又笑不出來。

柔姨娘非常矛盾，不知該怎麼辦。

這時，她聽到了外面的聲音……

屋外，羅氏的丫鬟說：「柳姨娘，您聽說了沒，四姑娘要把柔姨娘接走呢。」

祁三爺新收的柳姨娘笑著道：「怎麼沒聽說，都傳遍府裡了。」

「柔姨娘的命真好。」

「呵，的確不錯。她生了個好女兒，飛黃騰達了，還不忘記生母。只是啊，四姑娘太蠢了些。」

「啊？這是何意？」

「妳難道沒聽見外面傳的話？四姑娘的身分，是整個京城的笑柄，她可是從姨娘肚子裡爬出來的，連給睿王暖床都不夠格。睿王是看她出身定國公府，才收了她。若四姑娘的生母連定國公府的姨娘都不是，外面會怎麼說她，她還能坐穩睿王妃的位置嗎？」

「這麼一說，四姑娘確實蠢，柳姨娘真聰明！」

「有其母必有其女。」

兩個人正說著呢，李氏的聲音響起來。「柳姨娘，妳懷著身孕，趕緊去休息。如今下雨，莫要亂跑，以免摔倒沒了孩子。」

柳姨娘聞言，臉色一變，抬腳走了。

李氏剛剛才知道，羅氏的人來找柳姨娘。

聽到消息，李氏心裡有些不舒服。從前，羅氏有事會來找她，從沒越過她去找個姨娘說話。

自從那日她把柔姨娘接到身邊後，羅氏對她的態度似乎就變了，時常冷嘲熱諷。不過，為了兒子的前程，她忍了下來。

聽聞柳姨娘帶著丫鬟去尋柔姨娘，李氏立刻趕過來。遠遠地，她聽到了幾句話，猜出事情的大概。羅氏這是想把柔姨娘留在定國公府裡，牽制祁雲菲。

李氏知道，之前她算是站隊了，站在祁雲菲那邊。但這次，她有兩個選擇，幫著羅氏留下柔姨娘，抑或什麼都不說，讓柔姨娘離開。祁雲菲答應她的事，到現在還沒實現，讓李氏有些猶豫。之前她待祁雲菲不好，怕祁雲菲食言。

可想來想去，為了渺茫的希望，李氏還是站在祁雲菲這邊。

見柔姨娘打開門，李氏道：「去收拾東西吧，睿王妃來接妳了。離開後，記得提醒睿王妃，男人好顏色，年華易老，四少爺才是她唯一的弟弟，是她的倚仗。」

柔姨娘神色有些複雜，沒講話，跟羅氏派來的丫鬟去了前院。

一路上，丫鬟賣力地嚼舌根，說祁雲菲錯得有多離譜，要是她有個跟生父分開的姨娘，對她的地位是多麼大的影響。

柔姨娘一言不發，臉色難看至極……

祁雲菲一直在等柔姨娘過來，當她看到出現在大廳裡的身影時，忍不住站起身，興奮地朝柔姨娘走去。

「姨娘，您來了。王爺說，要接您到莊子上住段時日。」

可是，沒等祁雲菲走到面前，柔姨娘就跪在地上，堅決地說：「王爺和王妃的好意，奴婢心領了。奴婢的病已經好得差不多，無須去莊子養病。」

祁雲菲愣住。「姨娘……」

「王妃不必再說了。」柔姨娘打斷祁雲菲的話，衝著她搖搖頭。

祁雲菲非常不解，有些著急地說：「姨娘，這是王爺的主意，王爺答應了。」

之前柔姨娘不肯，她能理解，是怕衛岑瀾丟臉。可這次衛岑瀾親自陪著她來，主意也是衛岑瀾出的，為何柔姨娘還不答應？

「王妃，既然柔姨娘說她的病好了，您就不要為難她了。」羅氏插嘴。

祁雲菲看她一眼，抿了抿唇，又看向柔姨娘。

衛岑瀾起身，朝她們走過來。

「姨娘，本王的莊子裡有溫泉，即便病好了，也可以去小住，養養身子。」衛岑瀾暗示了一句。

柔姨娘看著他，嚇得哆嗦，但仍堅定地拒絕。「不用了，奴婢沒事。」

祁雲菲皺眉。「姨娘，可是有人跟您說了什麼？做了什麼？」

柔姨娘立刻反駁。「沒有。多謝王爺和王妃的好意，不過奴婢的身子真的很好，不必去莊子。」

羅氏在一旁道：「王妃，我們府裡上上下下對柔姨娘甚是恭敬，天地可鑑。她是您的生母，京城無人不知，誰敢欺負她呢？您說這樣的話，可是太誅心了。」

聽到羅氏的話，想起羅氏前世做過的事，祁雲菲握了握拳。

衛岑瀾掃了羅氏一眼。「國公夫人此言差矣。柔姨娘是王妃的生母，王妃自然關心她的身子。如今京城連著下了這麼多日的雨，王妃掛念姨娘，便想接她去休養。女兒照顧生母，再細心也不為過。」

定國公長年為官，自是察覺出衛岑瀾生氣了，忙瞪向羅氏，不悅地說：「這裡哪有妳說話的分？王妃一片孝心，想接生母去養病，養好了自然回來，難道有錯不成？」

幾句話，把整件事變了個味道。

衛岑瀾瞥著定國公，見他垂下頭，又收回目光，望向柔姨娘，知道今日許是接不了人了。

「王妃，既然姨娘的病已經好了，不如咱們改日再來探望。」

「嗯。」祁雲菲心情複雜地應聲。

雖然她很想接走柔姨娘，但她知道，以柔姨娘的性子，說不走，就肯定不會跟他們走。而且，為了接柔姨娘，衛岑瀾放低身段，卻被柔姨娘當眾反駁，臉上也不好看，只得先跟衛岑瀾回去了。

一上車，祁雲菲便向衛岑瀾賠不是。

「對不起，都怪我。」怪她沒提前跟柔姨娘說好，害他丟臉。

她知道，衛岑瀾是真的想幫忙，不然不會親自跟過來。堂堂一國王爺，一人之下，萬人之上，在朝堂上呼風喚雨，卻情願陪她做這樣的事。

糟的是，事情還沒辦成。

她知道，定國公府對衛岑瀾不滿了，定會把今日的事宣揚出去。不出三日，恐怕就會傳遍京城的大街小巷。

她不怕丟人，卻怕衛岑瀾因為她而失了顏面。

衛岑瀾聞言，伸手使勁揉揉她的秀髮。「說什麼傻話，是本王失信於妳，怪我。」

祁雲菲眼眶微熱，用力搖頭。「不怪您。從前我跟姨娘說過很多次，想讓她跟我一起逃，想帶她離開定國公府，可她每次都拒絕。我以為這次有您出面，她不會再拒絕了，沒想到她還是不肯離開。

「姨娘真的過得太苦了，我知道她不想過這樣的日子，可我不明白，她為什麼就不願走呢？」

說著說著，祁雲菲的眼淚掉下來。「您不知道，她有多辛苦……」

衛岑瀾把她抱在懷裡，聽她說起柔姨娘的事。

快到睿王府時，祁雲菲終於說完了。

衛岑瀾沈吟一下，堅定地對她道：「妳放心，本王定會盡快把姨娘接出來。」

祁雲菲愣住，看向衛岑瀾。方才被柔姨娘拒絕，衛岑瀾不僅沒氣惱，還想著幫忙接出柔姨娘。

「不……不用麻煩您了。」

衛岑瀾已經把能做的都做了，祁雲菲不想再讓他費心。

衛岑瀾又揉她的頭髮。「說什麼傻話呢？妳的事，就是本王的事。」

他之所以選擇先離開，並非妥協，而是察覺出柔姨娘似乎存著心事。祁雲菲跟柔姨娘很像，因為了解祁雲菲，所以他能看出來，柔姨娘的話並非全部出自真心。

祁雲菲心中甚是感動，眼淚流個不停。

眼見著要到睿王府了，衛岑瀾突然出聲吩咐車伕。「去篤行街。」

「去篤行街做什麼？」祁雲菲紅著眼眶問。

「買東西。」衛岑瀾簡潔地回答。

不一會兒，馬車駛到篤行街。

今日下著雨，街上的人並不多，馬車停在一家首飾鋪子的門口。

「王爺，您為何帶妾身來這裡？」祁雲菲問。

「王妃的首飾太少了。」衛岑瀾回答。

「不用了，妾身的東西很多，用……」

「嗯，妳覺得多，可本王覺得太少了，買一些吧。」

衛岑瀾說著，牽起祁雲菲的手進鋪子。

祁雲菲的心情本來非常糟糕，但不知為何，看著櫃檯裡的首飾，竟漸漸變好了。一會兒看看綴著南珠的金釵，一會兒又看看鑲滿寶石的步搖，愛不釋手。

約莫半個時辰左右，祁雲菲終於把兩層的鋪子逛完了。

見衛岑瀾坐在一旁等著，祁雲菲有些不好意思地說：「對不起，讓您久等了。不知怎的，瞧著瞧著，就忘記了時辰。」

「無礙。有喜歡的嗎？」

一聽衛岑瀾這麼說，祁雲菲立時明白他的意思，趕緊道：「沒有。」

「嗯，既然沒有，那把王妃剛剛看過的首飾全包起來。」

祁雲菲瞪大了眼睛，見吟春真的去找掌櫃，連忙扯住衛岑瀾的袖子。

「不用，妾身沒有喜歡的。」

衛岑瀾看祁雲菲一眼。「要麼，選十件喜歡的；要麼，把剛剛看過的都包了。王妃自己選。」

祁雲菲本想繼續反駁，但瞧著衛岑瀾財大氣粗的樣子，心底陡然升起一絲喜悅，抿了抿唇。

「那我自己挑。」

「好。」

望著眼睛亮亮挑選首飾的小妻子，衛岑瀾默默笑了。看來，心情好了。

買完首飾，衛岑瀾又牽著祁雲菲的手到不遠處的書肆，買了幾本她愛看的話本子和地理志。

眼見快到午時，兩人去旁邊的小吃街，吃了不少好吃的。

吃飽之後，夫妻倆才回了睿王府。

進了房，祁雲菲覺得有些睏，換過衣裳便睡下了。

看看睡熟的妻子，衛岑瀾輕輕走出來，低聲吩咐侍衛。

「去查查柔姨娘的事，再查查今日本王到定國公府之後，有誰去見柔姨娘，又說了什麼話。」

侍衛領命去了。

第四十四章

雖然如今陰雨連綿，可衛岑瀾的一言一行仍被高門注意著。不到晚上，京城的達官貴族幾乎都知道了今日發生的事。

很多人都說，衛岑瀾被他的王妃迷暈了眼，說柔姨娘蠢。再聯想到之前衛岑瀾要京城糧商賣糧的舉動，心思不由起了變化。

不過，五日後，流言漸漸變味。

因為，京城依舊陰雨連綿，糧倉中的米開始發霉了。

之前後悔把糧食賣給衛岑瀾的人，此刻紛紛慶幸；賣不出糧食的人，後悔了。

這日，北郡糧食再次告急，須從別處調用。

本來，衛岑瀾一句話就可以解決此事，不過，想起最近查到的消息，看著窗外的雨，他做出別的決定。

「告訴靜王，這回賑災的後續，交給他辦。」

侍衛應聲，去靜王府傳話了。

平德帝只有兩個兒子，能繼承皇位的，不是靜王，就是青王。

青王對國事不感興趣，那只剩靜王了。雖然之前靜王做出諸多令他失望的事，但他還是想給靜王一次機會。

他想看看，放權之後，靜王到底會怎麼做。

祁雲昕聽到這個消息，撇撇嘴角，沒想到祁雲菲在衛岑瀾心中的地位這麼高。不過，一想到只要控制柔姨娘，就能拿捏祁雲菲，等於制住衛岑瀾，祁雲昕又笑了起來。

笑的人不只祁雲昕，還有羅氏和榮華長公主。

原本鋪子裡發霉的糧食賣不掉了，如今靜王開始負責賑災，不就可以順利解決嗎？隔日，靜王便告訴戶部的人，依從衛岑瀾的舊制，向京城糧商買糧。如果還不夠，缺的再從南方調運。

另一邊，祁雲菲也知曉了此事，很是驚慌，等到衛岑瀾回府，連忙追問。

「王爺，您為何讓靜王負責賑災之事？可是因為妾身？」

衛岑瀾道：「並不是，本王有其他安排。」

祁雲菲想到前世的民變，有些著急了。

「可是京城的糧食早已沾上水氣，又過了七、八日，想必多半已經發霉。靜王再去調，又能調什麼樣的？萬一是霉壞的糧食，運過去後，北郡的百姓肯定不能吃。而且，之前他們不是已經鬧事了嗎，可見不是忍氣吞聲的性子，難保不會發生更大的混亂。

「一旦混亂，必定給朝廷帶來損失，但最終受傷的會是百姓。王爺，您要好好把關，靜王那人不可信。」

衛岑瀾著實沒想到自己的王妃能聯想出這麼多的事，為她的聰慧感到一絲喜悅，不由滿臉笑意。

「放心，本王早已有所警覺。」

瞧著衛岑瀾的臉色，祁雲菲知道自己多想了，才漸漸放鬆下來。

前世和今生不一樣，前世衛岑瀾和靜王的感情很好，今生因著祁雲昕換親之事變糟，也讓衛岑瀾更看清靜王的真面目，她應該相信他的。

第二日，侍衛將柔姨娘的身家背景整理成文書，送到衛岑瀾的案桌上。

衛岑瀾看完，吩咐道：「讓韓大松那隊人撤回來吧。」

如今江舟國比從前老實不少，不再需要那麼多探子。況且，他們為大齊付出太多，也該回家了。

侍衛領命，立刻出府去辦。

兩日後，趁著不下雨，京城的糧食開始送往北郡。

在車馬即將出城的時候，一隊禁衛軍忽然包圍了他們，當場舉刀去劃裝糧食的麻袋，一股霉味立時傳了出來。

接著，無數袋糧食被劃開。

路旁的百姓驚訝地看著面前發霉的糧食，呆住了，鴉雀無聲。

「糧食發霉了，怎麼還運往北郡？這不是害人嗎？」有人回過神，忍不住說道。

其他人紛紛跟著議論、譴責。

最後，這些糧食沒能運出城，全被扣下來。

與此同時，在府中飲酒作樂的靜王，被禁衛軍帶進宮裡。

「朕知道你不尊敬你小叔，但沒想到你居然敢在災糧上動手腳。你是真蠢，還是裝的？難道你不清楚把這些糧食送去北郡的後果？混帳東西，連百姓都敢欺瞞，配當朕的兒子嗎?!」

平德帝怒極，說著說著，一口鮮血吐了出來。

「皇上！」內侍和宮女連忙上來伺候。

片刻後，平德帝緩下來，抬抬手，讓他們退到一旁。

「別的事情也罷了，這件事，朕絕不能容忍。你身為大齊的親王，卻不顧百姓死活，這樣的品行，不配身居高位。從今日起，降為郡王。」

「父皇！」靜王不可置信地看向平德帝。他不過是把鋪子裡發霉的糧食摻入災糧，打算運往北郡，並沒有做什麼過分的事，何至於就被降等了？再說了，糧食不是還沒送去嗎？

平德帝神情嚴肅。「此事就這麼定了。」又揚聲吩咐。「來人，去榮華長公主府傳旨，降長公主為郡主。至於定國公府……」

他閉了閉眼，道：「降為侯府。」

在百姓活命的口糧上動手腳，實在觸了他的逆鱗，即便犯事的人是他兒子，也不能饒恕。

至於定國公的爵位，以後留給衛岑瀾去升吧。

宮外，青王聽說平德帝的決定，笑了。

說起來，此事他還是從承恩侯世子和祁三爺那裡聽說的。

知道靜王把發霉的糧食摻進災糧後，他立刻興奮起來，發現打壓靜王的時候到了。

聽聞靜王被降為郡王，青王笑著笑著，從榻上掉了下來。

今日，衛岑瀾一直待在戶部，商議從南邊調糧的事。

阻攔靜王的禁衛軍，是他派去的。然而，把靜王抓到宮裡的主意，卻不是他出的。

他從沒想過要把靜王的事鬧到平德帝面前。平德帝病得有多重，他心中清楚，只想暗中觀察，給靜王最後一次機會。

一聽平德帝吐血，衛岑瀾臉色頓時難看起來，急忙進宮。

瞧平德帝臉色蒼白地躺著，衛岑瀾握了握拳，坐在一旁，靜靜看他。

約莫過了半個時辰，平德帝醒來，第一眼就瞧見自己的弟弟，露出笑容。神情毫不意外，彷彿早已知曉。

「你來了。」

「對不起。」衛岑瀾的語氣帶著愧疚之意。

「跟朕說什麼對不起？你呀，就是太心軟了。看起來對任何人都冷漠，實則對誰都心軟。要是朕沒發現這件事，你是不是打算一直瞞下去？」

衛岑瀾沒回答。他的確沒打算告訴平德帝。

平德帝接著說：「你是什麼性子，朕曉得，畢竟你是朕養大的。同樣的，靜王是什麼性子，他是朕親生的，朕也清楚。有些事，即便你不說，朕也能猜到。

「這幾年，靜王沒少幹混帳事吧？雖然他對你不敬，你卻處處忍讓。你跟他在想什麼，想幹什麼，朕都知道。」

衛岑瀾抬眼看向平德帝。

平德帝道：「朕告訴你，你想也不要想。」語氣虛弱，但非常堅定。

「大齊，絕不能交到靜王手中。」平德帝一字一句地說：「衛家幾百年的基業，老祖宗打下來的江山，若是交給這種混帳，遲早要被人改朝換代。」

衛岑瀾心頭一震。

雖然平德帝一直希望他成為下一任皇帝，但從未明確地說出來。

正如平德帝了解他一樣，他也了解平德帝。平德帝想把皇位傳給他，卻沒有真的對青王和靜王死心，尤其是靜王。

平德帝待他極好，如兄如父，為了平德帝這一點點微弱的私心，他也想把位置留給靜王。

但今日，平德帝的態度似乎跟以往不太一樣了。

見衛岑瀾低下頭，平德帝繼續說：「岑瀾，你素來體恤百姓，你不替咱們衛家幾百年的基業打算，也要替百姓們著想。今日他能把發霉的糧食運往北郡，明日就敢隨意斬殺百姓。說到底，百姓在他眼中，不過是草芥、是螻蟻罷了。

「這位置，不能給他。」

不僅平德帝這樣想，因為這件事，衛岑瀾也對靜王很失望。

可平德帝只有兩個兒子，如果靜王不能為帝，便剩青王了。

青王喜歡玩樂，總像個長不大的孩子，對帝位沒有絲毫慾望，也不諳政事，把大齊交到他手裡，用不了幾年便會敗光。

衛岑瀾很是為難。

「岑瀾，朕不是在跟你商量，是告訴你。」平德帝的聲音再次響起。

衛岑瀾抬眼看他。

「朕知道，你不想為帝，可是為了大齊的基業，有些事，你不想做，也得去做。這是你的責任，是你身為皇室的使命。」

於是，兩人談了許久，等平德帝吃過藥歇下，衛岑瀾才心事重重地離開。

走出大殿後，看著殿外從天而降、細細密密的雨絲，衛岑瀾停住腳步。

「小叔！」青王略顯歡快的聲音傳過來。「您聽說了嗎，靜王被父皇貶為郡王了。

父皇此舉甚是英明！」

「是你把事情告訴皇上的？」

「是啊。我是不是很聰明？」

衛岑瀾深深看了青王一眼，一個字也沒說，朝宮外走去。

「欸？小叔，您怎麼不打傘啊？走那麼快做什麼？」

聽到這話，衛岑瀾停下來，站在雨絲中，對青王說道：「最近多陪陪你父皇，別惹他生氣。」

「啊？哦，我知道了。」

青王不明所以，目送衛岑瀾離去。

平德帝是個極其寬厚的皇帝，甚少懲罰人，今日的處置，可謂非常重了。

直到回府，靜郡王都沒能從打擊中回過神來。

「王爺，您這是怎麼了？」祁雲昕問道。

「滾！」此刻，靜郡王對她沒什麼好口氣了。

祁雲昕一驚，不明白這是怎麼回事，但很快便聽聞，靜王被降為郡王。

對於這樣的結果，祁雲昕很是詫異和不解。

前世，靜郡王做出同樣的事，但衛岑瀾默默替他收拾了。彼時北郡還發生暴亂，今生不過是把發霉的糧食摻在災糧中，又沒送出去，怎麼就降了爵位？

聽說是青王所為，祁雲昕心中隱隱有個猜測。難道……青王也重生了？

接著，消息傳來，定國公府和榮華長公主府都被降爵。

祁雲昕有些心涼，突然後悔當初的決定。自她重生之後，沒有一件事是朝著她期待的方向發展。

反觀祁雲菲，卻像前世一樣，凡事順利。

難道，人的命運是上天注定的嗎？不管她怎麼選擇，如何努力，都走不到自己想要的位置。

不過，京城百姓對平德帝的處置非常滿意。

有不少人在城門口看到發霉的糧食，如今做出惡行的人被處罰，可不是大快人心？

祁雲菲也非常高興。

她記得，前世鬧起來後，靜郡王把事情推給底下的官員以及商戶，自己全身而退。如今靜郡王被降了爵位，下場比前世還慘。

但是，祁雲菲高興之餘，又擔心起柔姨娘，怕定國公府會如前世一般欺負柔姨娘，逼著柔姨娘來找她說情。

看看昨日衛岑瀾給她的帖子，祁雲菲遞給香竹，吩咐她去了定侯府。

李氏看著香竹送來的帖子，露出開心的笑容。

定國公府被降爵，三房的地位就更低了。而且，隱隱聽說此事是祁三爺所為，嫡支定不會善待他們，往後的日子，不知會有多難過。

沒想到，祁雲菲派人送來消息，祁思恪終於可以去皇家書院讀書了。

祁思恪進了皇家書院，以後的前程既不需要依賴定侯，也不用指望祁三爺，可以倚靠睿王府。

想到這裡，李氏把祁思恪叫過來。

「恪兒，明日你就能去皇家書院了。以後整個府裡，便屬你上的書院最好。」

祁思恪看李氏一眼。「皇家書院？是靠著祁雲菲進去的？」

李氏打他一下。「你說什麼呢？那是睿王妃。以後見著她要恭敬，不可以再直接叫她的名字。」

祁思恪撇撇嘴。「說得好像我不叫，她就不叫祁雲菲似的。」

李氏聽了，氣得使勁擰他的耳朵。

「你這是什麼態度？侯府得罪了皇上，定沒有好下場，咱們唯一能指望的，就是你姊姊了。不管你心裡怎麼想，以後都給我收斂起來，要對她恭敬，聽到了沒?!」

祁思恪吃痛，叫道：「啊……娘，您小力點，兒子知道了，知道了！」

第四十五章

下午，衛岑瀾回了睿王府。

雖然衛岑瀾跟平時一樣，話不多，但不知為何，祁雲菲感覺到，他似乎有心事。看起來在聽她講話，卻不時看著某處發呆。

祁雲菲本來沒覺得有什麼，但衛岑瀾這樣子，看起來像是非常為難。

身為大齊權傾朝野的親王，還有什麼事會讓他為難呢？

思來想去，祁雲菲也沒想出原因。

晚上吃飯，衛岑瀾的心緒依舊不太平。

等兩人躺上床歇息，祁雲菲發現，衛岑瀾竟然在短短一刻鐘內，翻了兩次身。

她忍不住，還是問出憋了大半日的話。「王爺，您可是有煩心事？要不要說給妾身聽聽？」

衛岑瀾一頓，側頭看向祁雲菲，語氣裡充滿歉意。「對不起，吵到妳了？」

祁雲菲凝視衛岑瀾。「沒有。」

衛岑瀾輕輕嗯了聲，便沒了下文。

祁雲菲以為這是不方便說給她聽的意思，沒再追問。

孰料，半刻鐘後，衛岑瀾再次開口。「如果有件事，妳不想去做，卻又不得不做，會怎麼辦？」

祁雲菲實在想不出什麼事會是衛岑瀾不想做而又不得不做的，但，衛岑瀾向她傾吐心事，讓她非常開心。

她仔細想了想，小心翼翼地回答。「聽您的意思，定是要去做了，那就多想想做了之後的好處，心裡可能會舒服些。」

衛岑瀾沒料到會聽到這樣的回答，啞然失笑。「菲兒怎知本王一定會去做？」

除了某些特殊時候，祁雲菲沒在平時聽過衛岑瀾如此喚她，心跳不覺加快。

「您……您是王爺，在妾身心裡最是厲害，誰還能逼著您去做事不成？」

聽到這個回答，衛岑瀾笑了，趴在她耳邊，沈聲道：「本王在菲兒心中，竟是如此厲害嗎？」

層層熱浪吹來，祁雲菲顫抖一下。「嗯……」

當晚，祁雲菲便沒心思、沒體力再討論衛岑瀾的煩惱了。

第二日醒來時，祁雲菲依稀記得，昨夜衛岑瀾似乎趴在她耳邊說過，可能會換個地方住。

他說的，應該是前世去的極南之地吧。

不過，她還是想不通，衛岑瀾到底在煩惱什麼，難道現在就知道他會被靜郡王弄到極南之地去？

可她總覺得，今生靜郡王登基的希望不大。

思索許久也沒個結論，祁雲菲不再去想，見外面鋪子的掌櫃過來，便開始打理鋪子的事了。

但祁雲菲不知，這幾日，定侯府裡有兩個兄弟正在算計她。

一大早，定侯就把祁三爺叫到外院書房說話。

定侯講完，祁三爺像是沒聽清楚一樣，問道：「國公爺，哦，不對，是侯爺，剛剛您說什麼？」

定侯抿了抿唇，道：「本國……我是想讓三弟去跟睿王求求情，畢竟你是他的岳父，你的話，王爺定會聽一聽的。」

若在以往，定侯絕對說不出這等委曲求全的話。畢竟，他從小瞧不起庶出的祁三爺，也沒把他當一回事，甚至對祁三爺向青王告密之事很是憤怒。

然而，他去睿王府求助，衛岑瀾始終不肯見他。在路上遇到衛岑瀾，衛岑瀾不僅不幫他，甚至冷臉訓斥。

定侯思來想去，只能來求祁三爺了。

誰都知道，衛岑瀾才是大齊如今的掌權者。雖然命令是平德帝下的，但若衛岑瀾從中斡旋，未必沒有一線生機。

祁三爺既是青王的人，又是衛岑瀾的岳父，身分不一般。

「我為何要去？不管定國公府還是定侯府，跟我有什麼關係？」祁三爺一副無所謂的模樣。

定侯皺起眉，想要發火，然而又憋了回去。

「定國公府和定侯府，哪個爵位更高些，三弟想必很清楚吧？」

祁三爺掏掏耳朵，不在意地說：「清楚啊。可是大哥，不管哪一個，跟我有半文錢關係嗎？是你自己需要吧。」

瞧著祁三爺的樣子，定侯實在忍不下去，冷著臉道：「現在咱們府裡從國公府變成侯府，各項用度都要減少，怕是養不起你了。你不肯幫忙，就搬出去。」

祁三爺聽了，立刻站起來。「搬就搬，我早想搬了。我堂堂一個子爵，還要看你的臉色不成？我是青王門下的人，睿王妃是我親生女兒，前途無量。這侯府啊，以後說不定還不如我呢。」說完，轉身就走。

然而，他剛走到門口，卻聽定侯說道：「三弟，若睿王真重視你這個岳父，會只封個子爵嗎？」

祁三爺一頓，回過頭，得意地說：「要是不重視，大哥何必來求我？」隨即哼著小曲出去了。

定侯氣極，把桌上的茶杯全部掃落在地。

當晚，他去找祁老夫人，母子倆商議後，有了主意。

第二日一早，祁三爺剛從外面回來，又被定侯叫到書房。

祁三爺一臉不耐煩的樣子，衝定侯道：「幹麼啊，昨天不是說了，今日又說？你放心，過幾日我就搬出去，不礙你的眼。」他跟人賭了一整夜，此刻正睏得不行。

「若你去求睿王，助我復爵，母親答應改族譜，讓你母親做父親的平妻。」

祁三爺一聽，混沌的思緒瞬間變得異常清晰，看著定侯，心裡盤算起來……

又過幾日，天漸漸放晴，南邊的糧食也漸漸運上來了。

北郡沒再如前世一樣混亂，京城在多府降爵之後，局勢也漸漸安穩。

這日，祁雲菲處理完府中的庶務，正繡著荷包，香竹突然匆匆走過來。

瞧香竹的臉色不太好看，祁雲菲問：「怎麼了？」

香竹抿唇，道：「老爺來了。」

祁雲菲皺眉，臉色驟然變了，片刻後問：「可有說是什麼事？」

香竹搖頭。「沒有，只說要見您。王管事請他去前院的花廳了。」

「嗯。」祁雲菲點頭，放下手中的荷包。「走吧，去見見。」

旁人不知祁三爺對祁雲菲的態度，香竹可是非常清楚，一聽祁雲菲要過去，有些遲疑地說：「要不，您還是等王爺回來，再跟王爺去吧？」

祁雲菲站起身。「不用，我自己去就行。」

不能所有事情都依靠衛岑瀾，他總會有不在她身邊的時候，她要學會獨自面對外面的風雨。

更何況，祁三爺是她的生父。

沒一會兒，祁雲菲來到前院，還沒走進花廳，遠遠地就聽到有人大呼小叫。那聲音伴隨她好多年，一聽便知道是祁三爺的。

祁三爺正在發火。「不長眼的東西，給我的茶就用這種劣質茶葉嗎？你們知不知道我是誰？我是你們王爺的岳父，是他的長輩！你們王爺見了我，都得客客氣氣的，你們算什麼東西?!」

「抱歉，老奴招待不周。」王管事的聲音甚是恭敬。

「哼，既然知道不周，還不趕緊去上好茶。」

「是，您稍等。」

祁雲菲聽著，深深呼出一口氣，快步走進花廳。

祁三爺見到她，依舊坐在椅子上，一動不動，譏諷地道：「喲，還知道過來？」

祁雲菲平靜地說：「讓父親久等了。」

「妳還知道我是妳父親？」祁三爺冷哼一聲。

「父親說笑了。」祁雲菲吩咐屋內的僕人。「都退下吧。」

「是，老奴去換換茶水。」王管事道。

祁雲菲阻止他。「不用。既然父親喝不慣王府的茶，就不必喝了。」

祁三爺發怒了。「妳這個不孝女！」

祁雲菲沒理祁三爺，微微提高聲音，讓王管事等人出去了。

很快地，花廳只剩下祁三爺、祁雲菲和香竹。

祁雲菲是什麼脾氣，旁人不知，祁三爺可是清楚得很，跟柔姨娘一樣，懦弱無能。就算成了王妃，但刻在骨子裡的性情，未必能改變。

因此，即便是來求人辦事的，祁三爺依舊端著父親的架子。

「莫要覺得自己當上睿王妃，就可以不認我這個父親。不管到什麼時候，我都是妳老子，妳得聽我的話。」

祁雲菲著實氣憤，但經歷這麼多事情之後，她穩住了。前後兩世，祁三爺不曾顧及過她，只把她當成工具，當成錢財，她早已對他失望透頂。

祁雲菲克制心中的怒氣，抬手倒了杯茶，慢慢喝起來。

就在祁三爺忍不住又想發怒時，祁雲菲淡淡地提醒他。「難道王爺上次給父親的警告還不夠嗎？」

上次衛岑瀾去工部訓斥祁三爺的風波，很多人都知道，傳得沸沸揚揚。事後，衛岑瀾也跟她解釋過。

一聽這話，祁三爺的怒火瞬間熄滅。

女兒是他生的，從小罵到大，罵習慣，可衛岑瀾不是他能招惹的。

想到衛岑瀾的冷臉和警告，祁三爺孬了。

祁雲菲的眼角餘光瞥到祁三爺的臉色，心裡一陣舒爽，重重地放下茶杯。

「父親有事就說，沒事便回去吧。王府事多，我還忙著，沒空聽您的『訓誡』。」

祁三爺沒想到，才短短幾個月不見，女兒竟然像是變了個人似的，語氣甚凶。若她不喊他父親，他會以為這是另一個人。

「等一下！」祁三爺叫住祁雲菲。

今天是他第一次來睿王府，心裡有些犯怵，畢竟衛岑瀾對他的態度可不算好。但沒想到，一說出他的身分，整個王府的下人待他極為客氣，讓他以為可以在這裡呼風喚雨、耀武揚威，遂開始挑三揀四，擺起譜來。

如今，親生女兒的態度，一下子把他拉回現實。

祁雲菲聽了，不說話，也不看祁三爺，坐著靜靜喝茶。

祁三爺打量她幾眼，終於忍不住，先開口了。

「那個，怎麼說妳都姓祁，是咱們祁家的女兒，如今府裡降爵，妳臉上也不好看。睿王不是很寵愛妳嗎，妳去跟睿王說一聲，讓他把府裡的爵位升回來。」

祁三爺的語氣甚是隨意，好像祁雲菲無所不能，不管說什麼，衛岑瀾都會答應。

這話讓祁雲菲有些意外。

祁三爺的性子，她也很清楚，定侯府的人瞧不起三房，祁三爺也不喜歡他們。據她所知，這次定侯降爵，是因為祁三爺向青王告密，今日怎麼會突然過來幫他求情，著實怪異。

「恕女兒辦不到。」祁雲菲一口拒絕。

祁三爺看著祁雲菲冷漠的樣子，有些生氣。「妳是辦不到，還是不想辦？」

祁雲菲道：「既辦不到，也不想去辦。」

女兒如此誠實，祁三爺更氣了。

「妳這個蠢貨！定侯府是妳娘家，府裡好了，妳在睿王府的地位，自然更穩固。妳知不知道，如今外頭怎麼說妳？大家都在傳，皇上雖然懲罰侯府，實則是對妳這個睿王妃不滿，想換個門第高的。」

祁雲菲聞言，依舊冷靜。「定國公府為何會降成侯府，此事大家心知肚明，父親更清楚才是。皇上是否惱了我，我不知，但我知道，定侯試圖把發霉的糧食運往北郡。京城的人不吃霉壞的糧食，難道北郡的百姓就吃嗎？」

說著說著，祁雲菲有些激動了。

「北郡的百姓也是人，吃了壞掉的糧食，也會生病。定侯此舉，分明是謀財害命，貴為侯爵，不僅不愛護百姓，還想害他們。這種人，莫要說侯爵了，連子爵、男爵都不該封，根本不配享受朝廷分封的爵位！想讓我替他求情？作夢！」

祁三爺從沒想過懦弱至極的女兒居然能說出這番話，像是第一次認識她一樣。

「父親請回吧。這種話，休要再提。」祁雲菲站起來。

祁三爺回過神。祁雲菲再厲害又如何？也是他的種。而且，為了成為嫡子，為了替生母正名，他定要達成此事。

「這件事，妳辦也得辦，不辦也得辦！」祁三爺加重語氣。

祁雲菲剛想反駁，突然想起一事，問道：「父親，女兒著實好奇，府裡究竟給了什麼好處，讓您來遊說我？您不是一直想看他們倒楣嗎？如今瞧見了，應該開心才是。」

祁三爺的心思被戳中，怔了一下，但想到這事於祁雲菲也有利，底氣便足了些。

「說給妳聽也行。聽完，妳就知道該怎麼做了。」

這下，祁雲菲倒是有些好奇了，接著聽祁三爺說：「妳大伯和祖母答應我，只要能恢復國公的爵位，就把妳親生祖母提為平妻，這樣的話，為父就是嫡子了。

「當然，為了感謝妳，為父也會把妳記在妳母親的名下。這樣，妳就是定國公府嫡子嫡出的女兒，世人再也不會瞧不起妳的身分。」

祁雲菲盯著祁三爺臉上倨傲的表情，著實覺得可笑。

「父親覺得我會在乎這個嗎？」

若是以前，她或許還會在乎，如今知曉衛岑瀾的態度，便不在乎了。她是定國公府庶出的庶女時，衛岑瀾便娶她為正妃，可見並不在意她的身分，那她為何要多想？

祁三爺語塞，又焦急起來。「妳當真這麼蠢？連唾手可得的好處都看不見？」

「好處？」祁雲菲語氣極輕。「父親說的好處是什麼呢？」

「妳是嫡女啊，身分高了！」

「高了又如何？若是女兒沒出嫁，身為國公府嫡子所出的嫡女，自然能說門更好的親事。可如今女兒已經嫁給睿王，出嫁從夫，女兒是好是壞，都跟著王爺，跟定侯府沒什麼關係。所以，您不必再說了。」

「妳……」祁三爺真要被她氣死。

相較之下，祁雲菲甚是平靜。「父親莫氣，回去吧。」起身走了。

第四十六章

見祁雲菲要往門口走去，祁三爺在背後道：「行，妳不管我是吧？那總不會不管妳姨娘吧？」

祁雲菲停下腳步。

看著祁雲菲的反應，祁三爺甚是得意。「妳敢不做這件事，我就把妳姨娘賣了！」

祁雲菲猛地回頭。「你敢?!」

「妳就試試我敢不敢！柔姨娘是我的人，賣身契還在我手中。我給妳三日，妳辦不成，這輩子就別想見妳姨娘！」祁三爺發了狠。

「你敢這麼做，你這爵位也別想要了。」祁雲菲冷冷回道。

「呵，我沒了爵位，妳覺得臉上有光，還能坐穩睿王妃的位置不成？咱們是一家人，一榮俱榮，一損俱損。妳動動腦子想想，除了定侯府，還能依靠誰！」

祁雲菲冷著臉。「我不在乎。如果你欺負柔姨娘，我定不會饒了你。不僅爵位，官職也別想保住了。臉面算什麼東西？若是沒了柔姨娘，我什麼都可以不要！」

祁三爺從未見過祁雲菲如此，被她冰冷的眼神嚇住了。他以為自己已經算是豁得出去，沒想到女兒比他更狠。

「妳這個不孝女！」祁三爺罵道。

「來人，送客！」祁雲菲大聲吩咐。

見外面的侍衛進來，祁三爺聲音更大了。「蠢貨！不孝女！」

「扔出院子！」祁雲菲不客氣地說。

祁三爺本想繼續罵，然而，看到迴廊處的人影時，立刻閉上嘴巴，乖乖被侍衛架出去了。

衛岑瀾見祁三爺被帶走了，這才舉步進去。

走近花廳門前，瞧見妻子臉上的眼淚，衛岑瀾覺得萬分難受。

然而，下一瞬，祁雲菲拿起帕子，把臉上的眼淚擦乾淨，看起來一副堅強的模樣。

衛岑瀾突然停下了腳步，發現祁雲菲看過來時，調轉方向快步離開，躲到一旁。

這時候，妻子未必想見到他。不管怎麼說，祁三爺都是她的親生父親。

而且，他覺得她剛剛做得極好。

無論言語還是動作，他都能感覺到，祁雲菲不再如當初剛入王府時一般，懼怕定侯府的人。不僅如此，還能妥善應對。

望著祁雲菲挺直腰板，往內院走去的背影，衛岑瀾笑了。

他的王妃，跟從前不一樣了。

若是以後注定要登上那個位置，他不一定能時時刻刻陪在她身邊，她要自己立起來才好。雖然他會失落，希望她能更依靠他，卻更欣慰於她的改變。

見祁雲菲的身影消失在轉角處，衛岑瀾才離開。

衛岑瀾上了馬，追上步行而去的祁三爺。

祁三爺聽到馬蹄聲，正想罵人，側頭發現坐在馬上的人是衛岑瀾，立時孬了。

「見過王爺。」

「王妃的話，就代表本王的話。祁大人做事時，還是考慮清楚為好。而且，本王可沒王妃那麼好的脾氣。」

說完，他不管祁三爺的臉色，策馬離開。

祁三爺的臉色自是不好看，然而什麼都不敢說，只能憋下這口氣。

回到內院後，祁雲菲已經不生氣了，只是心裡還是有些不舒服。

按照她對祁三爺的了解，剛剛她已經威脅過他，應該不敢擅自賣了柔姨娘。而且，若真的賣掉，他手中就沒有威脅她的籌碼了。

只是，賣是不敢賣，她卻不能保證柔姨娘無事。

不賣，不等於不打，不罵，不罰。

想起往日祁三爺做過的惡行，祁雲菲恨不得立刻跑到定侯府，把柔姨娘接出來。

可是，以柔姨娘那日的堅決，此事著實艱難。

不行，即便柔姨娘不肯跟她走，也要保住柔姨娘的平安。

思來想去，祁雲菲再次提筆寫信給李氏，千叮嚀、萬囑咐，要是祁三爺欺負柔姨娘，一定要及時告訴她。

與此同時，祁雲菲吩咐王管事，派人盯緊定侯府的各個門，以防祁三爺喪心病狂，在她不知情下，賣了柔姨娘。

做完這些事情之後，祁雲菲鬆了一口氣。

遠在戶部的衛岑瀾聽到這些後續，笑了。妻子比他想像中的還要聰明。

不過，這樣的日子不會太久，再過幾天，大概就能解決了。

這幾日，青王都在宮裡照顧平德帝。

看著平德帝的臉色，他知道自己那日魯莽了。

他曉得平德帝生病，但不知病得這麼重，很是後悔，之前只知道貪玩，不懂得孝順父親。

這日，服侍平德帝用完藥歇下後，青王步出大殿，看著外面陰沈的天色，心裡沈甸甸的。

他思索一下，去了睿王府。

他心中苦悶，想找人排解，最好的人選，就是衛岑瀾。他想說說心裡的苦，問問小叔，以後該怎麼辦。

天快黑了，他本以為衛岑瀾會在府裡，沒想到衛岑瀾還在戶部忙著，並未回家。

他是衛岑瀾的親姪子，來拜見長輩是應該的。而且，他向來在睿王府來去自如，也沒人管他。

想起還沒見過小嬸嬸，青王便直接去了後院。

此時，祁雲菲正在廚房安排今日的晚膳，聽到青王過來，怔了一下。

她對青王的印象，還停留在前世。

前世，青王跟靜郡王極為不睦，還是皇子時，兩個人見面就互掐，有時候甚至大打出手。等到靜郡王登基，青王依舊沒有半分懼意，在宮宴上對他破口大罵。

靜郡王表面上忍住了，但她知道，他私底下沒少整治青王。

在衛岑瀾被靜郡王派去極南之地後，青王在朝堂上大罵靜郡王，還朝他扔靴子。

靜郡王氣極，想收拾他，可才剛處置衛岑瀾，怕朝中上下的罵聲，只好暫時留人。

孰料，青王自請去封地，而且要跟衛岑瀾在一處。

靜郡王巴不得這樣做，虛偽地拒絕兩次之後，第三次便答應了。

前世，她覺得青王甚是魯莽，也太蠢。可今生換了個位置，對青王改觀。尤其得知前些日子靜郡王和定侯被降爵是因為青王之後，對他的印象就更好了。

於是，祁雲菲去前廳見青王了。

廳裡，青王看到祁雲菲，向她行禮。

「見過小嬸嬸。」

祁雲菲打量青王，總覺得他跟記憶中的人不太一樣，沒那麼暴躁，也沒那麼魯莽，身上一絲戾氣也沒有，看起來像是乖巧的鄰家少年。

「王爺多禮了。」祁雲菲道。

行完禮後，青王仔細瞧了祁雲菲的模樣，不得不感慨，衛岑瀾的眼光真好。京城中的貴女，他幾乎都見過，卻沒見過比她更美的。

不過，也就是這樣的姑娘，才配得上他小叔。

青王專心打量祁雲菲，沒注意到身後小廝的神情。

看到祁雲菲的第一眼，小廝覺得有些眼熟。

看第二眼時，小廝隱約想起某件事。

再看第三眼，小廝想跪下了。

睿王妃……不就是當初那個，他們想綁到青王府的男裝姑娘嗎！

他終於明白，衛岑瀾為何多次阻止青王見她了。

見青王熱絡地跟睿王妃說話，小廝眼前有些發黑，趕緊扯扯自家主子的衣袖。

「幹麼？」青王不耐煩地瞪小廝，瞧他欲言又止的模樣，蹙了蹙眉。「有什麼話，直接說就是。」

小廝偷瞄祁雲菲一眼，繼續躲在他身後，有些慌張地說：「沒，屬下沒事。」

「沒事扯本王做什麼？莫名其妙，打斷本王跟小嬸嬸說話。」

這下，小廝覺得更糟心了，又不能明說，只能閉上眼睛，等衛岑瀾回來發火了。

「小嬸嬸，小叔什麼時候回來？」

「不一定。平日這時候，王爺就該回府了。」

「嗯，那我再等等。」青王說完，問了一直很好奇的事。「對了，您跟小叔是什麼時候認識的？成親那日當真是第一次見面嗎？」

自家小叔對小嬸嬸的態度太奇怪了，那感情像是突然來的。可他又覺得，衛岑瀾不是這樣的人。

祁雲菲臉色一紅。「不……不是。」

青王眼睛一亮，覺得自己猜對了，連忙問：「難不成，你們的親事，真是小叔故意為之？」

祁雲菲搖頭。「不是。王爺並未插手，一切都是巧合。」

「啊？沒插手？」青王語氣中充滿了失望。

要真是衛岑瀾所為，不就是搶了靜郡王的女人嗎？多爽！

青王說完，見祁雲菲臉色有異，忙解釋道：「沒插手都能成親，看來這是天意，是緣分。」

青王的話實在太過直白，祁雲菲不知該如何回答，索性笑了笑，沒說話。

就在此時，衛岑瀾回來了。

衛岑瀾走進廳裡，瞥了正笑著跟祁雲菲說話的青王一眼，臉色不太好看。

「您回來了。」祁雲菲迎過去。

「嗯。」衛岑瀾應聲。

「見過小叔。小叔跟小嬸感情真好，讓人羨慕。」青王笑著說。
衛岑瀾往前一步，擋住青王的目光。「你來做什麼？」
青王伸長脖子望向祁雲菲。「來看看小嬸嬸，順便找小叔說話。」
衛岑瀾皺眉。「既然看完了，那去書房說吧。」
「啊？在這裡也行嘛。我看廚房快開飯了，我還沒吃飯呢。」青王很誠實地說。
身為主母，祁雲菲也在一旁道：「王爺，馬上要開飯了，您跟青王吃完再去吧。」
「小嬸嬸這主意甚好！」青王笑著點頭。
衛岑瀾瞄青王一眼，又瞄心虛的小廝。「去書房吧。正好，我也有事跟你說。」
說完，衛岑瀾看向祁雲菲，語氣溫和了許多。「妳先吃。現在本王還不餓，等會兒讓廚房做些飯菜端到書房就行。」
祁雲菲不會當眾反駁衛岑瀾，道了好。
然而，等衛岑瀾和青王離開，祁雲菲立刻吩咐廚房的人，把晚膳端到書房。不僅如此，又讓他們多做幾道菜。
至於她，一個人吃太多沒什麼意思，只讓廚房簡單地煮碗雞絲麵打發了。
飯後，趁青王去淨房時，小廝撲通一聲，向衛岑瀾下跪了。

「王爺，我家王爺不曉得那件事，都是奴才等人所為，求您別責怪他。」

衛岑瀾打量他的神情。「此事就這樣過去了，以後莫要再提。」

「多謝王爺，小的絕不會再跟任何人說，包括我家王爺。」

「嗯。」

這一晚，青王喝了不少酒，哭哭啼啼向衛岑瀾訴苦。喝到半夜，也沒回去，直接睡在外院。

見小廝們服侍青王睡下，衛岑瀾才回後院。

接下來幾日都很平靜。

這天，剛剛起床，祁雲菲就收到李氏派人送來的信。

昨晚妳父親歇在柔姨娘屋裡，打了她，如今柔姨娘不能下床。

看著信上簡短的句子，祁雲菲的手在發抖，厲聲吩咐了。

「來人！叫上府中侍衛，隨我去定侯府！」

這一次，不管如何，她都要帶走柔姨娘。

集結好侍衛後，祁雲菲朝府外走去，上馬車前，發現不遠處有兩人騎馬而來。

等他們靠近，祁雲菲看清其中一個人的相貌，立時瞪大了眼睛。

「舅舅？」

這些年，韓大松的樣子沒什麼變，祁雲菲能認出他來。

不過，祁雲菲卻跟從前不太一樣了，漂亮許多，韓大松仔細看了，才敢相認。

「菲兒！」

一聽這稱呼，祁雲菲的眼淚流下來，朝韓大松跑過去。

「舅舅，您還活著，真好！」

韓大松眼眶微熱。「嗯。以後有舅舅在，舅舅替妳和妳姨娘做主。」

祁雲菲本還想再說什麼，但想到剛剛收到的消息，立刻把李氏的信遞給他。

「舅舅，咱們快去救救姨娘吧。」

韓大松讀了，臉色微變，隨即克制住，轉頭看向身側的男人，

「兄弟，你先去述職吧，小弟還有要事要忙。」

「需要幫忙嗎？」

「不必，多謝。」

韓大松交代完，對祁雲菲道：「走吧。」

韓大松騎馬，祁雲菲坐車，趕往定侯府。

祁雲菲怕韓大松不知道柔姨娘的事，掀開簾子，想跟他說一下。

孰料，韓大松道：「妳不必著急，這些事，王爺已經跟我講過了。今天咱們就去接妳姨娘回家。」

祁雲菲微微一怔，眼睛隨即發熱。

「好。」

第四十七章

很快，一行人到了定侯府。

門房一看這陣仗，連忙跑進去報信。

祁雲菲下車，直接帶侍衛進去。

一路上，她遇到了很多人，羅氏、張氏、祁雲嫣……然而，一個都不曾理會，直奔三房而去。

那些人，有睿王府的侍衛和韓大松攔著。

祁雲菲趕到柔姨娘的屋前，推開門，看著躺在床上的柔姨娘，眼淚立時落下。

「姨娘！」

柔姨娘的身上正疼著，聽到這個聲音，轉頭看去。

「王妃，您怎麼過來了？」她說著，艱難地從床上坐起來。

祁雲菲快步過去，扶住她。「姨娘，我這就帶您離開。別待在這裡了，咱們走。」

柔姨娘拍她的手。「胡說什麼？我不走。誰讓您來的？趕緊回去吧。」

祁雲菲正想說話，韓大松推門而入，撲通一聲跪在地上。

柔姨娘嚇一跳，見是個男人，心裡更慌。然而，看清楚跪在地上的人是誰時，瞬間瞪大了眼。

「大松……」

「姊！是我！」

「你還活著！」柔姨娘顧不得身上的疼，掀開被子，踉踉蹌蹌地下床。

韓大松紅著眼眶。「姊，都怪我這麼久沒回來，害妳受苦了。」

柔姨娘也哭，激動得語無倫次。「我沒事，都挺好的。」

「姨娘，舅舅都知道了，您別再隱瞞。今日我和舅舅就是來帶您離開的。」

這時，羅氏的聲音在門口響起。「王妃，柔姨娘早拒絕過您，怎麼又提這件事？即便您是王妃，也不能插手我們侯府的事吧？況且，今日竟然還帶著侍衛跟外男進後院，這是不把定侯府放在眼裡了？」話落，跟著張氏進來。

此刻，祁雲菲徹底沒了對羅氏的懼意，冷哼一聲，站起身。

「這時候知道說我插手侯府的事了？前些日子求我幫定侯恢復爵位時，怎麼沒聽你們說我不能插手？」

羅氏被祁雲菲頂撞，臉色非常難看。

想起祁三爺回來傳話，說祁雲菲不肯幫忙，羅氏冷著臉道：「定侯府也是妳的娘家，身為侯府姑娘，助妳大伯恢復爵位是天經地義的事。妳不幫襯娘家，處處扯後腿，還好意思這麼說？」

祁雲菲不怒反笑。「呵，大伯母可真會說。想要我幫忙，也不瞧瞧你們到底做了什麼事！」

被祁雲菲這麼一說，羅氏的臉色更是不好看。

祁雲菲才懶得理會羅氏，側頭看柔姨娘。「姨娘是我的生母，幫著她是天經地義。如今我貴為王妃，你們還敢往死裡作踐她，看來是沒把我這個王妃放在眼裡，也恨極了姨娘。既如此，我更不能把姨娘留在定侯府。」

羅氏欲再說話，一旁的張氏扯了扯她的衣袖。

張氏瞥瞥站在床邊、神情慌張的柔姨娘，笑著說：「四姑娘，妳怎麼不問問柔姨娘，她想不想跟妳一起走？」

張氏戳中祁雲菲最擔憂的事，想到柔姨娘多次拒絕她，便不敢看柔姨娘。她早已做好打算，今日不管柔姨娘願不願意，一定要帶柔姨娘離開。

於是，祁雲菲根本不理張氏的話，認真地說：「身為子女，本就應該孝順父母，護著父母的性命。既然我姨娘在府中受人欺凌，我當為她做主，帶她離開。」

羅氏被張氏點醒，瞟向柔姨娘，笑著問：「柔姨娘，妳想跟四姑娘走嗎？」

柔姨娘看看羅氏，又看看祁雲菲，道：「王妃，我說過了，不想離開。您別再為難我了。」

祁雲菲聞言，閉了閉眼，神情複雜。

「四姑娘，柔姨娘不想走呢，難道妳沒聽到？我活了這麼久，還是第一次見到妳這樣的姑娘，盼著自己爹娘分開，可真是不孝。若是傳出去，恐怕會讓睿王丟臉吧？」羅氏幸災樂禍地說。

張氏跟著火上加油。「可不是，不僅睿王丟臉，整個皇室都要跟著失了顏面。」

柔姨娘聽到這些話，臉上的著急之色更重，扯著祁雲菲的衣袖道：「王妃，您快走吧，別待在這裡了。」

然而，祁雲菲站在原地，一動不動。

羅氏和張氏的話能嚇著柔姨娘，卻無法動搖如今的祁雲菲。

羅氏和張氏算什麼東西？今日她鐵了心，定要帶走柔姨娘。

「香竹，幫姨娘收拾東西。」

「是。」香竹和吟春帶人進屋。

羅氏和張氏傻了眼，露出慌張的神色。

柔姨娘更加著急，抓緊祁雲菲的衣衫。「四姑娘，妳在做什麼？不嫌丟人嗎？妳快走吧！」

祁雲菲皺眉。「姨娘，您……」

一直站在旁邊沒講話的韓大松忽然抬手，阻止祁雲菲說下去。

「菲兒，讓我跟妳姨娘說說吧。」

剛剛他不出聲，就是想看看定侯府眾人的行事，也看看柔姨娘的態度。雖然睿王在信上說得很清楚，但他並不了解睿王，不能確定睿王怎麼想，不敢輕易開口。

看了一會兒後，很多事情已然清晰明瞭。

衛岑瀾的確是為他的外甥女著想，信中的內容全是真的。

祁雲菲頓時鬆了口氣。「好，麻煩舅舅。」她勸不動柔姨娘，只能指望韓大松了。

不過，即便韓大松無法說服柔姨娘，她也會把人帶走。

接著，祁雲菲揚聲吩咐侍衛跟香竹她們。「都停下來，先出去。」

羅氏和張氏看著面前的陣仗，越發覺得不對勁。

羅氏道：「這是誰？怎麼能讓外男進後院？趕緊攆出去！」

祁雲菲盯著羅氏。「侯夫人多慮了，這是我舅舅，也是柔姨娘的親弟弟。」

聽說是柔姨娘的親弟弟，羅氏突然有些慌。

她知道柔姨娘為何不離開，無非是覺得沒有依靠。如今，她的依靠回來了，不知還會不會堅持留在定侯府。

「是親弟弟也不行，不合規矩。」

祁雲菲冷哼一聲，沒理她，喊一旁的侍衛。「把侯夫人請出去。」

羅氏跟張氏還沒來得及再出聲，就被侍衛們攆走。

接著，祁雲菲搬了把椅子坐在門口，閉上眼睛，養神等候。

祁雲菲歇息沒多久，祁雲嫣扶著祁老夫人過來了。

祁老夫人自是聽說這邊發生的事情，見祁雲菲冷臉坐著，瞥瞥緊閉的房門，笑著開了口。

「王妃心疼柔姨娘，老身心裡明白。這件事，的確是妳父親做得不對，等他回來，我定會訓斥他。只是，柔姨娘畢竟是妳父親的妾，這般讓她跟一個外男同處一室，傳出去，她的名聲還要不要了？」

祁雲菲睜開眼睛，看向祁老夫人，神色平靜地說：「按照祁老夫人說的，天底下不是夫妻的男女，都不能見面，見了面就要生出私情。

「裡面的男子是我親舅舅，跟柔姨娘是親姊弟，只有心思齷齪的人，才會生出骯髒念頭。我舅舅跟我姨娘姊弟情深，多年未見，有些體己話想說，難道不行嗎？」

祁老夫人發現祁雲菲變了，跟上次來時不一樣，如今看起來更有氣勢，有著上位者的威嚴，還學會強詞奪理。

祁老夫人笑笑，語氣加重。「不是不行，只是需要其他人在場。」

祁雲菲聞言，挑了挑眉。「那應該讓誰進去呢？是侯夫人，還是柳姨娘，抑或侯夫人身邊的大丫鬟？」

祁雲菲每說到一個，就看那人一下，看完後接著說：「還有，是安安靜靜站在一旁，還是說些什麼呢？說姨娘沒用，如果她離開，會讓我丟臉，讓王爺丟臉，讓皇家丟臉？或者害我被王爺休棄？」

羅氏臉上的表情訕訕。

祁雲菲依然堵在門口，一動不動。「若是如此，那便算了吧。」

祁老夫人皺眉，盯著緊閉的房門，神色很是難看。若真讓柔姨娘離開，就更難掌控祁雲菲，得想個法子留下人才行。

如今，祁雲菲這邊是沒辦法說動了，還是得跟上次一般，從柔姨娘那邊下手。她且等等，等柔姨娘出來再想法子。

屋內，韓大松扶著柔姨娘坐到床上。

柔姨娘的眼睛又紅起來。「之前四姑娘跟我說你活著，我還不信，如今見著你，這顆心總算能放下。咱們韓家，終於還是留住了根。」

「嗯，姊，我回來了。」韓大松的聲音也有些哽咽。

「你快跟姊說說，這幾年去了哪裡？」

韓大松比柔姨娘理智多了，知道此刻不是說這些的時候。

「姊，我的事，以後有的是機會說。今日我跟菲兒一起來，是想帶妳走。」

柔姨娘一聽到這話，立刻搖頭。「我不走，我不能走。」

韓大松直視柔姨娘，問道：「姊，妳為何不想跟著菲兒離開？」

柔姨娘遲疑一下，但面對親弟弟，還是說了實話。「四姑娘身分低，之所以會嫁給睿王，是陰差陽錯。她已經受京城眾人嘲笑，不能再因為我而更加丟臉。」

韓大松笑了。「姊，妳這是聽誰說的？菲兒何曾因為是妳生的而被人嘲笑？據我所知，京城中羨慕她的人，不知道有多少，好多貴女在模仿她的穿衣打扮。」

柔姨娘怔了一下，目光很快又黯淡下去。「你長年在外，並不知京城的事。」

韓大松道：「我豈會不曉。不僅大齊，連江舟國、流雲國，提起睿王妃，大家都是羨慕的。世人皆知，睿王極喜歡睿王妃。」

他一直在江舟國做暗探，知道不少消息。這幾個月，江舟國曾有人試圖對祁雲菲下手，不過都被衛岑瀾擋住。如果祁雲菲對衛岑瀾不重要，怎會被敵國盯上？

這下，柔姨娘是真的驚訝了。「你說的可是真的？」

韓大松點點頭。「自然是真的。」

柔姨娘露出喜悅的神色，想了想，笑意又淡了。「即便如此，我也不能離開。老爺不中用，我又是個扯後腿的。如今睿王喜歡她，自然萬事都好，可要是有一日被厭棄，屆時，她該如何自處呢？

「四姑娘沒有依靠，沒有強大的娘家。萬一她為了我得罪侯府，到時侯府肯定不會幫忙，她在這世間，就真的是孤立無援了。為她的將來著想，我不能這樣做。」

柔姨娘說著說著，表情越發堅定。

韓大松見狀，道：「這些都是菲兒的人生。她出嫁了，日子是自己過出來的。娘家家世好的確重要，可家世好的姑娘，並非都在夫家過得好；家世一般的姑娘，也未必就會受到欺負。再說了，她將來會生兒育女，可以靠孩子。」

柔姨娘搖頭。「靠孩子和靠娘家是不一樣的。而且，孩子得十幾年後才會長大，這漫長的日子，難道她都要被人欺負嗎？我得替她留個依靠。縱然這依靠不太穩當，我也想讓她底氣足些。」

聽到柔姨娘這麼說，韓大松長長嘆了口氣，終於明白衛岑瀾為何會去找他了。

「妳有沒有想過，若這份依靠要妳受盡折磨來維繫，身為子女，菲兒做何感想？」

柔姨娘一怔，看向韓大松。

「菲兒是個有孝心的女兒，肯定不願見妳在侯府受人欺凌。妳被欺負，她心裡更難過。我想，如果讓她選擇，定不會讓妳受苦。」

柔姨娘沈默，片刻後才道：「她還小，她不懂。我是她生母，我得為她設想。」

話說開來，柔姨娘的想法，韓大松已然盡數知曉，心中更加佩服衛岑瀾，因為這些話跟他所猜測的差不多。

「姊，我且問妳，若能替菲兒找到更大的靠山，妳願不願意離開侯府？」

柔姨娘有些不明白韓大松的意思。一個女子，除了依靠娘家，還能靠誰呢？誰又會真心實意、心甘情願讓她依靠？

「你說什麼呢？怎麼可能。」

韓大松沒說話，從懷中拿出一份文書，遞給柔姨娘。

柔姨娘遲疑一下，伸手接過，打開看了，神情驚訝。

「兵部給事中？正……正五品？」

韓大松笑了。「姊，不僅菲兒有娘家，妳也有啊。從前我一直不在京城，害妳和菲兒受苦，這些都是我的錯。如今我回來了，定會替妳做主，替菲兒做主。」

聽到「娘家」這兩個字，柔姨娘的眼淚頓時決堤。

這些年，她一直不敢反抗，不敢有脾氣，不敢做出格的事，逆來順受，就是因為娘家沒人，沒有人為她做主，沒有人幫著她。

後來，她生了女兒，又為女兒隱忍。她不想讓女兒走她的老路，不想讓女兒跟她吃一樣的苦。

如今，她的親弟弟回來了，還當上大官，官位比祁三爺還大。

她突然覺得，自己不再是一葉孤舟，有了可以依靠的人。

女兒，跟娘家人是不一樣的。

身為母親，她要護著女兒。即便女兒成了王妃，她仍在為女兒設想，不敢任性，不敢肆意。

但娘家人就不一樣了，是她能夠倚賴的對象，是她的底氣。

昔日護著的弟弟，變成她背後最堅強的依靠。

柔姨娘哭了，哭得很凶，聲音漸漸傳到外面。

祁雲菲聽見哭聲，嚇了一跳，立刻從椅子上站起來。但是，想到韓大松還在屋裡，又冷靜了。

柔姨娘從來不會對她這樣哭。親弟弟對柔姨娘來說，肯定是不一樣的，要不然不會卸下心防，展現自己的脆弱。

於是，祁雲菲笑了，笑著笑著，也跟著哭了。

這時，羅氏的聲音忽然響起。「裡面是怎麼了？柔姨娘的弟弟該不會在打她吧？咱們趕緊進去看看。」

祁雲菲沒搭理她。

「快點讓開！」羅氏衝著面前的侍衛道。

然而，沒有祁雲菲的命令，侍衛們站在原地一動不動，沒有放行。

羅氏氣得不得了。

第四十八章

與此同時，祁思恪正躲在房間裡，透過門縫盯著柔姨娘的屋子。

看完熱鬧後，祁思恪小聲地問：「娘，您為何不讓我出去？祖母和大伯母、二伯母都在外面。」

李氏纁起手中的帕子。「出去幹麼？你沒看到嗎，你四姊姊已經不是從前那個她了，你祖母她們根本不是對手。」

「那咱們更應該出去啊！」

李氏想了想，問兒子。「現在出去，你幫誰？」

「自然是幫祁雲菲啊，她是我姊。」祁思恪不假思索地道。

「你也知道祁雲菲是你姊，是三房的人，應該要幫她。可是，以後咱們還得住在侯府，萬一你祖母和伯母藉此欺負人，那怎麼辦？所以，兩不相幫最好。」

祁思恪皺眉，不太贊同李氏的想法。

「我知道你想去幫祁雲菲，但是，你姊姊小時候，我可沒少欺負她，也沒少欺負柔姨娘。如今你姊姊得勢，未必會放過我。我去了，會被兩邊的人恨上。」

祁思恪道：「我以前也欺負祁雲菲，可她還是幫了我，她不會記仇的。」

李氏咬斷手中的線。「咱們不一樣。你是她親弟弟，還是小孩子，她不會跟你計較。而且，以後你還是她在娘家的依靠。」

祁思恪才六歲，哪裡聽得懂這些，很是迷惑。「娘，您這是什麼意思？」

「意思就是娘欺負得重，你欺負得輕，所以她會原諒你，但不一定會原諒我。你就乖乖在屋裡待著，好好讀書，將來有的是機會幫她。」

雖然祁思恪還是沒聽懂，但瞧見祁雲菲身邊的侍衛很厲害，已經攔住羅氏，便悄悄鬆了口氣。

另一邊，祁雲菲一直盯著房裡的動靜。

片刻後，裡面的哭聲漸漸停止了。又過了一會兒，屋門從裡面打開。

祁雲菲快步過去，先看韓大松一眼，見韓大松點頭，放下心，又望向柔姨娘。

柔姨娘抹抹眼淚，不敢看祁雲菲。一是覺得女兒剛剛肯定聽到了她的哭聲，覺得丟人。二是想到她的決定，實在有些自私，對不起女兒。

祁老夫人打量韓大松身上的衣服，笑著說：「我道是誰呢，原來是韓大人來了。快，請韓大人去正院，備上好茶。」

「多謝老夫人，不必了。今日我是來接家姊歸家。」

韓大松是柔姨娘的娘家弟弟，說出來的話很是直接，跟衛岑瀾之前的含蓄不一樣。衛岑瀾畢竟是晚輩，用的是到莊子上靜養的藉口，表面上聽起來並沒有徹底切斷柔姨娘跟定國公府的聯繫。但如果把人接走了，自是不可能再讓柔姨娘回來。

祁老夫人微微一怔，很快反應過來，看向站在韓大松身後的柔姨娘，笑著說：「此事可有問過柔姨娘的意思？」

韓大松道：「問過了。」

這一次，跟以往不同，柔姨娘非常堅定地說：「我想跟著弟弟離開。」

柔姨娘話音一落，侯府的主子們神色都變了。她們本來以為柔姨娘不會點頭，所以底氣才這麼足，但現在柔姨娘答應了，如何留得住她？

躲在屋裡的李氏也聽見了，微微一怔，旋即恢復如常。

她早料到會有這麼一天，只是沒想到這麼快。要是慢一些，她一直幫著祁雲菲，還能從祁雲菲身上撈到更多好處。不過，如今兒子已經進了京城最好的書院，於她而言，似乎也沒有再大的好處了。

祁雲菲揚起笑容。真好，柔姨娘終於想通，要跟她回去了。

「姨娘，您決定好了？」祁雲菲語氣輕快地問。

「嗯，讓妳擔心了。」柔姨娘露出不好意思的神情。

沈默片刻後，院中的人呆看著祁雲菲和柔姨娘臉上的笑意，漸漸回過神來。

羅氏不顧身分，率先道：「柔姨娘，妳可是睿王妃的生母，要是離開侯府，睿王妃會被京城恥笑的。」

祁雲菲聽了，想也不想就頂回去。「恥笑什麼？如果京城的人知道我生母在侯府受苦，而我幫不上忙，才會笑話我，笑我不孝。」

祁老夫人接過話頭，盯著柔姨娘道：「柔姨娘，睿王妃年紀輕，不懂事，但妳歲數不小了，自然明白，失去娘家的依靠，女子在夫家過得有多艱難。妳想讓睿王妃重蹈妳的覆轍嗎？」

韓大松聽了，嗤笑一聲。

祁老夫人皺眉。「你笑什麼？」

韓大松道：「我在路上便聽說定侯府降了爵，起初還不明白為何罰得這麼重，如今聽了幾位的話，卻是明白了。你們定侯府就是這樣顛倒是非、置人於水火之地的嗎？當真是滿口仁義道德，卻做著最為無恥齷齪的事。」

祁老夫人一大把年紀了，身上又有誥命，很少有人敢這麼跟她說話，聽到韓大松的言詞，臉色著實難看，開口怒斥。

「無知小兒！你雖是柔姨娘的弟弟，卻非我侯府正兒八經的親戚，讓你進府，已然是看在睿王妃的面子上，莫要敬酒不吃吃罰酒！」

祁雲菲見狀，懶得再跟定侯府的人多說。這就是個吃人的地方，無須留戀。

「既如此，便離開吧。」

祁老夫人擰眉。她不能讓他們這樣離開，可是，祁雲菲雖是府裡的姑娘，卻也是睿王妃，身邊又有睿王府的侍衛。

她正想著，門口傳來一聲暴喝。

「不孝女！妳竟敢趁著為父不在，帶著妳姨娘離開，看我怎麼收拾妳！」祁三爺吼完，又罵柔姨娘。「賤人，是不是妳往外傳消息？看來昨天打得還不夠！」

柔姨娘嚇得哆嗦，正欲開口，卻瞧見韓大松對她使眼色。

韓大松低聲道：「姊，妳跟菲兒站在這裡，什麼都別說。」

看著弟弟自信的目光，柔姨娘點了點頭。

「收拾我外甥女？看我今日如何收拾你！祁三，受死吧！」韓大松怒吼。

話落，在所有人反應過來之前，韓大松直撲祁三爺而去。

韓大松本就是行伍出身，功夫不弱，這幾年又在江舟國做著最危險的差事，武藝不僅沒退步，還精進不少。

祁三爺除了喝酒玩樂，什麼都不懂，身子弱得很，韓大松一拳就把他打倒在地。想到姊姊手腕上的瘀青、一瘸一拐的樣子，又想到衛岑瀾信上提到的事，外甥女來侯府之前說過的話，韓大松氣不打一處來，將祁三爺按在地上，狠狠揍了起來。

在祁三爺倒地的那一刻，所有人都反應過來了。

除了祁老夫人說了幾句場面話之外，沒人出聲，也沒人來幫忙。

柔姨娘站在祁雲菲身邊，緊緊抓住她的手腕。

此刻，祁思恪從窗縫瞧見倒在地上的祁三爺，平靜地說：「娘，爹被打了。」

這下，李氏不冷靜了，幾步上前趴到窗上，往外面看去。

「從前只見過爹爹打您和下人，卻沒見過他挨打。」祁思恪道。

李氏沒說話，只是看著窗外發呆。

許久過後，韓大松停了手。

「賣身契呢？」

祁三氣得不得了，張口就罵。「你個……」可惜，被揍得連話說不清楚。

韓大松見狀，又補一拳。打夠之後，才站起來。

如今他回來了，是朝廷命官，官位比祁三爺還要高幾級。往後，他有的是工夫來向祁三爺要賣身契，不給就揍，把多年來他打在柔姨娘身上的拳頭全討回來。

「走吧。」韓大松對柔姨娘道。

柔姨娘看看躺在地上、嘴巴還不乾淨的祁三爺，經過他的時候，伸出腳，狠狠踢了一下。聽到他的嘶叫，覺得心頭的惡氣終於出了。

韓大松問她。「要不要再來幾腳？」

柔姨娘搖搖頭。「不必了。」她只想趕緊離開，不想多耽擱一刻。

「嗯，那走吧。」

韓大松實在太剽悍，祁雲菲又帶著這麼多侍衛，定侯府的人就這麼眼睜睜地看著他們離開了。

出了侯府大門，祁雲菲瞧見不知何時帶人等在那裡的熟悉身影。

「王爺。」祁雲菲輕喚一聲，聲音裡充滿驚喜。

衛岑瀾轉過身，望向祁雲菲，原本冰冷的表情瞬間融化。「事情都解決了？」

祁雲菲快步過去，笑著說：「嗯，姨娘答應離開。不過，賣身契還沒給。」

但是，她不擔心了。

如今她是睿王妃，一切有衛岑瀾做主。迫於睿王府的威勢，祁三爺肯定不敢來鬧。不僅如此，柔姨娘的賣身契，他肯定會乖乖送上。

以後，柔姨娘的性命無憂了。

想到這些，祁雲菲臉上的笑意止也止不住，眼睛彎彎地看著衛岑瀾。

瞧祁雲菲笑得極為開心的模樣，衛岑瀾本想抬手摸摸她的頭髮，不過周圍的人太多，便忍住了。

他對祁雲菲笑笑，側頭對王管事使眼色。

王管事立刻點頭，進了定侯府。

「見過王爺。」韓大松向衛岑瀾行禮。

「韓大人多禮了。」衛岑瀾道。

柔姨娘看到衛岑瀾，想起剛剛的決定，有些害怕，小心翼翼地觀察他的臉色，才彎腰行禮。

衛岑瀾側開半步避過。「姨娘客氣了，先回府好好休息吧。」

很快地，一行人離開了。

祁雲菲轉頭，望定侯府的牌匾最後一眼，重重鬆口氣。

她終於從這吃人的地方救出了親娘。

等馬車駛遠，祁雲菲放下簾子，看向坐在身側的柔姨娘。

「娘，您終於出來了。」

聽著女兒的稱呼，柔姨娘突然有些哽咽。「嗯，出來了。」

見柔姨娘又要哭，祁雲菲笑著轉開話頭。「娘，小舅舅這麼大了還沒成親，您可要好好幫他物色呀。」

柔姨娘怔住。「妳不說，娘都忘了，妳舅舅都快三十了。」

「是啊，現在他回來，您可以幫他相看。」

「嗯，娘記住了。」

很快地，柔姨娘的思緒就被祁雲菲帶偏。

過了一會兒，馬車抵達睿王府。

眾人剛下車，王管事就回來了，把一份文書交給衛岑瀾。

衛岑瀾打開掃一眼，便遞給祁雲菲。

祁雲菲有些好奇地接過，看完後，露出燦爛笑容，開心地說：「是娘的賣身契。」

韓大松聞言，連忙向衛岑瀾行禮。「多謝王爺。」

衛岑瀾道：「這是本王應該做的。」

柔姨娘激動得不能自已。

衛岑瀾見狀，對祁雲菲說：「妳跟娘先休息，我和韓大人去書房。」

祁雲菲笑著應了。

一到書房，韓大松便跪在衛岑瀾面前。

「多謝王爺救命之恩。」

衛岑瀾抬手。「是本王要謝謝你，不顧生命危險去打探敵情。」

衛岑瀾的人找到韓大松時，韓大松正在江舟國的將軍府裡偷取軍情。

然而，這次行動出了內奸，韓大松差點命喪將軍府。幸虧衛岑瀾的人趕到，及時把他救出來。

如此，韓大松不再適合待在江舟國，跟衛岑瀾的初衷不謀而合。

「下官愧對皇上的信任。」一想到此事，韓大松極為愧疚。

衛岑瀾道：「韓大人潛伏在江舟國多年，為大齊獲取不少軍機，此次失誤，錯不在你，快起來吧。本王正好想問問你有關江舟國的事。」

「王爺請問，下官定知無不言。」

兩人便就此商議起來。

一個時辰後，韓大松離開睿王府，去沭職了。

另一邊，祁雲菲成親後，這還是柔姨娘第一次來到睿王府。

不僅是祁雲菲急著帶柔姨娘去看自己的住處，柔姨娘也很想知道，女兒究竟過得好不好。

一路行來，看著下人的恭敬，看著女兒起居的房舍，柔姨娘心頭的不安減少許多。

「娘，我過得很好，您不必擔憂。縱然以後會不好，也是女兒自己過出來的，與您無關，別把責任扛在身上。」

「嗯，娘知道了。」柔姨娘輕聲說。

天黑之前，韓大松來接柔姨娘回去。

祁雲菲許久不見柔姨娘，本以為柔姨娘能多待幾日，沒想到這麼快就要走。

「娘，您多住幾日吧？」

柔姨娘看看衛岑瀾，搖搖頭。「不了，娘去妳舅舅那裡。」

祁雲菲很是不捨。

臨走前，柔姨娘小聲對她說：「雖然現在不能留下，但等妳生了孩子，娘就能過來陪妳了。」

一聽這話，祁雲菲立時臉紅了。

送走柔姨娘跟韓大松，衛岑瀾陪祁雲菲回後院，見她滿臉通紅，不由納悶，柔姨娘到底跟她說了什麼？

進屋後，晚膳已經擺好，夫妻倆開始吃飯。

祁雲菲的臉依舊是紅的，直到飯後才恢復如常。

「今日多謝您。」祁雲菲再次道謝。

衛岑瀾說：「今天王妃很是威風，本王並未做什麼。」

祁雲菲卻道：「雖然您只要來賣身契，可我能這麼威風，全都是仗著您的勢。所以，說到底，還是要謝謝您。」

衛岑瀾挑眉，伸手把妻子扯到懷裡，讓她坐在大腿上，輕聲問：「怎麼謝？」

祁雲菲的心怦怦直跳。

衛岑瀾低頭親她，問道：「剛剛娘跟妳說了什麼？」眼神中充滿寵溺。

祁雲菲一聽，臉色又無法控制地紅了起來。「沒、沒說什麼。」

「真的？」

「嗯……真的。」

看著祁雲菲緋紅的小臉，不用想，衛岑瀾也猜到大半。

不用問了，不如來點實際行動。

第四十九章

第二日，睿王妃生母離開定侯府的消息，一下子傳遍大街小巷。

不過，因為之前已經鬧過一回，所以大家沒那麼震驚，多半在說柔姨娘的命好，生了個好女兒不說，本以為早就去世的弟弟，竟突然回來做官了。

柔姨娘一直不敢打聽外面的消息。為了讓她安心，韓大松故意派人說給她聽。

柔姨娘聽了，提著的心終於放下。真好，沒有人譏笑祁雲菲，沒有人譏笑睿王，也沒人譏笑她的弟弟。

接下來，她要幫韓大松找個合適的妻子，便對得起韓家的列祖列宗了。

靜郡王府裡，祁雲昕聽說柔姨娘被祁雲菲接走，而且據聞早已死去的韓大松竟然活著回來，還被封了五品官，驚訝地不得了。

她怎麼不記得祁雲菲有這麼個舅舅？為什麼好多事情都跟前世不一樣了？

靜王、榮華長公主這些前世的勝者，如今都被降爵。不僅他們，她的娘家定國公府也降成侯府。

而前世死在定國公府的柔姨娘竟然被風光接走，搖身一變，成了五品官的姊姊。祁雲菲有這個舅舅，也多了一層依靠。

祁雲昕著實想不通，這究竟是為什麼？

重生回來，她不僅沒能改變現狀，還似乎越來越糟糕了。

跟祁雲菲有關的事都在變好，但凡跟她有關的人，全開始倒楣。

柔姨娘離開侯府後，祁雲菲不用再派下人探望。每隔半個月，就會親自去韓家瞧瞧親娘。

不僅如此，隔三差五，她便讓人送東西過去。

瞧著心情越來越好的妻子，衛岑瀾也覺得高興。

這日，衛岑瀾正陪著祁雲菲在後院釣魚，王管事卻匆匆走了進來。

「王爺，皇上有旨，宣您進宮。」

衛岑瀾幾乎每天都會去見平德帝，今日他休沐，會有什麼要事，需要現在叫他去？

他忽然想到一種可能，臉色一肅。「可是皇上身子不好了？」

王管事連忙回答。「應該不是，看內侍的臉色，不像壞事。」

衛岑瀾鬆了一口氣。

祁雲菲也放下魚竿，站起來，輕握衛岑瀾的手。「您別擔心，皇上肯定沒事。」依照前世記憶，平德帝的身子雖然不好，但還能撐上一、兩年。

「嗯。不過今日不能繼續陪妳釣魚了。」

祁雲菲搖搖頭。「沒關係，等您改日有空，再陪妾身，也是一樣的。」

見妻子如此體貼，衛岑瀾揉揉她的頭髮。「那本王進宮去了。妳待在府裡，我沒回來之前，不要出門。」

若平德帝的身子真的有礙，朝中定會有些動盪。哪裡都不安全，不如留在府中。

雖不知發生何事，也不明白衛岑瀾為何如此安排，但祁雲菲還是乖巧地答應了。

雖說平德帝身子無礙，可衛岑瀾依然不放心，騎上馬之後，飛快朝皇宮馳去。

進了宮，見平德帝臉色還算好看，他才放下心。

反而是平德帝有些詫異。「咦？你這麼快就來了？」

「嗯。」衛岑瀾沒有解釋，只點頭應了聲。

平德帝看看殿內的內侍與宮女，道：「都退下去吧。」

服侍的人靜悄悄退出去，瞬間只剩平德帝和衛岑瀾。

接著，平德帝開門見山說了一句令衛岑瀾震驚的話。

「岑瀾，朕打算過段時日，就把皇位傳給你。」

衛岑瀾仔細觀察著平德帝的面色，有些著急地問：「可是您的身子……太醫院這群人竟然沒報給本王！」說著說著，臉上浮現怒火。

平德帝拍拍衛岑瀾的手，笑著說：「亂想什麼呢，不是你想的那樣。雖然前些日子朕氣得吐血，但身子暫時無礙。」

衛岑瀾聽了，才稍稍放心。

接著，平德帝道：「只是，這些日子，朕想了不少事情。朕的身子不好，這幾年，是靠著宮裡的珍品吊命才活著。若是尋常人得了此病，怕是早就死了。」

「皇兄！」

平德帝抬手，阻止衛岑瀾說話。

「朕不得不承認，這些年，大齊在你的治理下，越來越好，很是欣慰。把皇位傳給你後，朕也有臉去見九泉之下的父皇，跟列祖列宗了。」

衛岑瀾急了。「您定會長命百歲。」

平德帝笑笑，繼續說：「朕的身子，自己知道。其實，這兩年，大齊一直是你在治理，朕再占著這個位置，沒什麼意思，也不方便你行事，礙手礙腳的。朕打算，這幾日就讓他們擬旨。」

「皇兄……」

「好了，朕今日跟你說這些，是想讓你心中有數，提前做好準備。本來不打算告訴你的，但想了想，還是先跟你說一聲比較好。」

接下來，平德帝說了些埋藏在心底的話。

「這皇位看起來好，很多人想搶，你卻不想要。你看起來冷漠無情，手握重權，像是個帝王，但內心柔軟，亦不貪慕權勢。不然，當初靜郡王奪權時，也不會放任他了。

「朕也想過，磨練靜郡王，再傳位給他，你從旁輔助。但換親以及北郡賑災之事，他太讓朕失望，實在不堪大任。

「岑瀾，不管你願不願意，這皇位，只能交到你的手中了。為了父皇，為了列祖列宗，你接下這個重擔吧。」

上次，衛岑瀾便有所覺，也猶豫了很久。可他知道，平德帝說得對，靜郡王的確不配為帝。

只是，他沒想到會這麼快。

沈默許久後，衛岑瀾跪在地上，朗聲道：「臣弟定不負兄長所託。」

平德帝笑了。「起來吧。」

接著，平德帝和衛岑瀾議起朝事。直到天色黑透，衛岑瀾才出宮回去。

此刻，已是亥時。

祁雲菲早用過飯了，正在外間等著衛岑瀾。

一見到人，祁雲菲還沒說話，衛岑瀾便問她。「妳可願意重新嫁我一次？」

祁雲菲的心怦怦直跳，不可置信地看著他。

見祁雲菲沒反應，衛岑瀾又問一遍。

祁雲菲嚥了嚥口水，回過神來。「您這是何意？」為何衛岑瀾去了宮裡之後，回來就問她這麼莫名其妙的問題？

衛岑瀾笑了，摸摸她的臉。「本王只是問妳願不願再嫁我一次，如實回答便好。」

雖然甚是不解，祁雲菲還是如實回答。「願意。」

衛岑瀾嘴角的笑意大了些。

瞧著衛岑瀾的神情，祁雲菲同樣歡喜，補充一句。「只要是嫁給您，無論嫁多少次，妾身都願意。」

衛岑瀾低頭抵著祁雲菲的額。「這次可能會很繁瑣、很麻煩、很累，這樣的話，妳還願意嗎？」

祁雲菲不假思索，立刻道：「願意！」

「好，王妃準備一下，過段時日，本王重新娶妳一次。」祁雲菲非常開心。上次出嫁，她一直暈著，也沒跟衛岑瀾拜堂，而且，名義上是祁雲昕嫁給衛岑瀾。

這次，她一定要打起精神來，好好跟他拜堂，跟他成親。

雖然還要過段時日才能行婚禮，洞房卻是日日可以有。

想到這裡，衛岑瀾抱起祁雲菲，朝著裡間走去。

十日後的早朝，平德帝降了一道聖旨，朝臣跪拜接下。

無人意外，似乎早就料到會如此。而且，有沒有這聖旨，其實沒什麼區別。

平德帝長年臥病在床，一直由衛岑瀾處理朝事，早已掌控了大齊。這道聖旨，不過是讓衛岑瀾的行事名正言順。

這下，定侯所有的希望都沒了，想到之前府中對待柔姨娘的態度，差點暈倒在地。

縱使未來的皇后出自定侯府，然而，沒人過來恭喜他。

滿京城誰人不知，定侯府欺負睿王妃生母，睿王妃大鬧定侯府，把生母接走了。

他們要恭喜，也是恭喜兵部給事中韓大松。畢竟，睿王妃的母親，可是住在韓府。

而且睿王妃孝順，時不時就去韓府探望。

定侯府的人，反應跟定侯差不多，臉色極為難看。唯獨三房的李氏，不停念叨著「謝天謝地，謝天謝地」。

遠在靜郡王府的祁雲昕聽說這個消息後，眼前一黑，暈倒在地。

睿王府中的情況，跟靜郡王府完全不同。

聽聞衛岑瀾成了皇帝，祁雲菲詫異地眨眨眼睛。

前世可是靜郡王為帝，今生怎麼突然變成衛岑瀾了？她還想著，等靜郡王登基後，就跟衛岑瀾一起去南邊種地開荒呢。

這件事，衛岑瀾定然早已知曉了吧？

祁雲菲想起幾個月前衛岑瀾的不對勁，以及他問她的事。

「不想做，卻不得不做……」祁雲菲喃喃地道：「指的竟然是這件事……」

前世，衛岑瀾幫著靜郡王登基。

衛岑瀾對皇位無意，但靜郡王品行不端，不配為帝，所以他不得不上位。想到以後靜郡王不能再隨意把他們趕出去，而且衛岑瀾還把靜郡王和定侯府的人徹底踩在腳底，祁雲菲忍不住笑出聲，連眼淚都流出來。

一會兒後，祁雲菲看看手中繡著鳳凰圖案的嫁衣，止住了笑，呆愣著，心怦怦怦地跳起來。

著了。

這天，衛岑瀾回來得極晚。

祁雲菲有太多問題想問他，所以一直坐在外間的榻上等，但等著等著，卻不小心睡

聽到門響動的聲音，祁雲菲一下子驚醒。

「怎麼沒去床上睡？」衛岑瀾輕聲問。

「等您。」祁雲菲剛醒，聲音有些啞。

衛岑瀾問：「等本王做什麼？」

看著衛岑瀾跟平常沒什麼不同的樣子，祁雲菲張了張口，突然問不出來。

明明事情極大，但不知怎的，衛岑瀾的語氣和反應，讓她覺得自己有些大驚小怪，

仿佛他成為皇帝，是一件很平常的事。

想到這裡，祁雲菲笑了，勾住衛岑瀾的脖子。「沒什麼，就是想等您回家。」

看著祁雲菲湊得極近的臉，衛岑瀾眼神微變，應了聲。「嗯，本王回來了。」

說完，他把妻子攔腰抱起，進了裡間。

聖旨下了，禮部要準備登基大典，欽天監也開始擇日。

過了一段時日，眾人突然發現不對勁，聖旨上只有衛岑瀾的名字，根本沒提到睿王妃啊。

可現在衛岑瀾還是會回睿王府，跟睿王妃很是恩愛。

難道是假的？眾人紛紛觀望起來。

等到衛岑瀾登基後，所有人都發現，祁雲菲真的沒被封為皇后。

一時之間，滿京城譁然。

祁雲昕聽聞此事，內心又升起一絲希望。

柔姨娘很是緊張，連忙套車去睿王府。正想問問，可一看府中滿滿的紅色裝飾，所有人甚是忙亂的樣子，不由詫異。

下人引著她進房，見女兒低頭繡花，柔姨娘問：「這是怎麼回事？」

祁雲菲放下手中的東西，望向柔姨娘，笑著回答。「皇上說，要重新娶我一次，親自冊封我。」

柔姨娘聽了，想起當初女兒成親時的情景，眼眶熱了起來。

她發現，之前的擔心完全是多餘的。衛岑瀾對祁雲菲的好，是她難以想像的。

看著女兒臉上甜蜜的笑容，柔姨娘摸摸她的頭髮。「既如此，娘就放心了。」

回府後，柔姨娘再聽聞新帝想換皇后的傳言時，不再為此緊張了。

此刻，唯一有苦說不出的是禮部。

新帝和皇后早已成親，兩人可以一起受封，簡單省事。

可新帝非得重新娶皇后，這樣的話，本來可以一次辦完的事，要辦三次。

第一，新帝登基。第二，帝后大婚。第三，冊封皇后。

帝后大婚可不是小事，沒幾個月準備不好，但衛岑瀾提前數月就告訴他們，只得忙碌起來了。

一個月後，帝后大婚。

那些以為祁雲菲失寵的人，再次傻了眼。

祁雲昕又被打擊了。

她一直以為衛岑瀾性子冰冷，前世嫁過去後，他不僅對她不理不睬，甚至還經常訓斥她。

打罵下人又怎樣？利用睿王妃的身分替自己的鋪子牟利，不也是尋常嗎？還有送糧食去北郡的事……

她哪裡有錯？她是王妃啊，身分低的人，只配在她面前下跪巴結。

可衛岑瀾偏偏覺得她不夠良善，說她心思歹毒，彷彿她做什麼都是錯的！

如今看來，衛岑瀾一點都不冷，只是親熱的人不是她，而是祁雲菲那個唯唯諾諾、上不得檯面的庶女。

她也著實沒想到，像衛岑瀾這般性子冷的人，一旦喜歡上一個人，居然能做到如此地步。

不就是沒拜堂嗎？衛岑瀾竟為了祁雲菲，再成一次親。

祁雲昕的心徹底冷了，罵不出來，也氣不起來。

大婚前三日，京城中的街道就布置好了。

從睿王府到皇宮這一路，全鋪滿紅布，由宮裡的禁衛軍看守。百姓並沒有被趕走，檢查完身上沒有攜帶利器和毒藥之後，讓他們站在兩旁觀禮。

吉時一到，嗩吶跟笛子響起，間或有鑼鼓聲，隨著樂聲越來越近，皇后的鳳輦也出現在眾人的目光中。

雖然瞧不清楚皇后究竟長什麼樣子，可從身影來看，肯定非常貌美。

鳳輦後面是一箱箱的寶貝，全被抬入皇宮中。

這場盛景，很多人記了一輩子。

再次入宮，祁雲菲的心情跟上次完全不同。

她不再忐忑，不再茫然，不再焦慮。有的是憧憬，以及對未來的嚮往。

衛岑瀾親自宣讀聖旨，封她為后。

一拜天地，二拜高堂，夫妻對拜。

兩人相視一笑，留在當初的遺憾，此刻已經圓滿。

坐在龍床上，祁雲菲看著面前的衛岑瀾，揚起燦爛的笑容。

衛岑瀾亦如是。

執子之手，與子偕老。

第五十章

自從柔姨娘離開，衛岑瀾登基後，定侯府的人發現，他們控制不了祁雲菲了。

但祁雲菲出身定侯府，是靠著他們才嫁進睿王府，成為皇后。

所以，定侯府的人看著這潑天富貴，豈會甘心？既然祁雲菲占著定侯府的名頭，又不替他們打算，那麼就弄個聽話的進去。

祁雲嫣得知家裡想讓她入宮的消息，歡喜得幾乎整晚沒睡著。

既然定侯打定主意，再送一個姑娘入宮，就不會只是想想。在羅氏求見祁雲菲未果之後，把主意打到了別處。

比如，太上皇跟太后。

可惜，太上皇在別苑養病，不見任何人。太后陪在他身邊，不能傳遞消息。

此路不通，很多人都著急了。

新皇登基，但後宮中只有皇后一個女人。不僅定侯想送人進去，其他高門也有同樣的想法。

想著想著，這些人聚集在一起，在替新帝選妃的事上，達到了前所未有的統一。

只是，出於對衛岑瀾的畏懼，沒人敢當出頭鳥。

眼見一天一天過去，仍無人提及此事，終於有人受不了，鼓足勇氣上諫。

這日早朝，某位大臣出列，說了很多廢話，稱讚衛岑瀾勤勉、為國事操勞等等，然後話鋒一轉，提到選妃的事。

「……如今皇上沒有子嗣，後宮中只有皇后娘娘，是時候充盈後宮了。」

衛岑瀾聽到這話，微微蹙眉，眼神凌厲地掃過去。

那人哆嗦一下，不敢再說話。

朝堂上一陣沈默。

不過，為了家族利益，為了自己的前途著想，不怕死的人還是挺多的。

接著，又有大臣站出來。「臣等知道皇上跟皇后娘娘情深，只是，誕育皇嗣是大事，還請您為了大齊江山著想，充盈後宮。」

衛岑瀾微微瞇起眼，看向他的目光中，充滿危險的氣息。

雖然朝臣們畏懼新帝，不敢反抗，但如今皇后沒有子嗣，若自家女兒或族中姑娘入宮，生下長子，將來的富貴，可就是他們這一族的了。

一想到這些，很多人都變得大膽起來。

自古以來，哪個皇帝不是三妻四妾？即便是子嗣不多的平德帝，後宮中也有數十人。可如今新帝的後宮中，只有皇后一人。

「懇請皇上為了江山著想，充盈後宮。」

一個人跪下了，兩個人跪下了，三個人……一半朝臣都跪下了。

這裡面，有的朝臣是真為衛岑瀾著想，想讓衛岑瀾好好享受，多些子嗣，以穩固朝堂。但更多的是家中或族裡有適合的姑娘，想把她們送進新帝的後宮，以期讓家族更加繁盛。

衛岑瀾沒有回應。

掌控大齊多年，他對自己很有信心，也對自己的御下手段有信心。

這些朝臣肯定不是串通好的，只是因為有共同的利益，所以暫時站在一起。等他真的開始選妃，這群人就會鬥起來。

瞧著跪在地上的臣子，許久之後，衛岑瀾開口了。

「誠如愛卿們所言，朕的確沒有子嗣，所以……」

聽到這裡，朝臣們一陣欣喜，以為自己的目的要達到了。

當年新帝還是睿王時，婚事不順，太上皇早想替他賜婚，可他一直不答應。他們還以為新帝清心寡慾，對女人不上心，以為這次的事會很難辦，才去找太上皇跟宗室。

可惜，沒人肯幫忙。

如今見衛岑瀾這麼好說話，倒是讓人極為意外。

然而，衛岑瀾接下來的話，打碎了朝臣們的幻想。

「朕定會努力，早日讓皇后生下皇嗣。」

此言一出，不管跪在地上的還是站著的朝臣，全呆住了。

一向睿智冷峻的新帝，怎會當眾說出這樣的話？

而且，他們不是這個意思啊，重點不是子嗣，而是充盈後宮，選他們的家姑娘入宮為妃！

有些人張口想解釋，但一看衛岑瀾的臉色，想到他做過的事，覺得他肯定聽懂了，是不想答應他們。

想到這一點，眾人心裡很是鬱悶。

他們的新帝，還是一貫的冷。從前當王爺時冷，本以為成為皇帝會好一些，沒想到還是跟從前一樣，對女人實在沒什麼興趣。

可一想到傳言，說新帝對皇后甚是體貼照顧，又覺得他並非真的清心寡慾，只是感情全給了皇后。

果然，傳言不虛，新帝是真的喜歡皇后。

在朝臣們思量著要不要再勸幾句時，衛岑瀾下令退朝，說完便離開了，沒給任何人反駁和勸阻的機會。

衛岑瀾並未讓人保守秘密，所以祁雲菲很快就得知方才發生的事。

此時，祁雲菲正在看宮裡用物的清冊，聽到衛岑瀾的話，臉一下子發熱了。

雖然私底下他沒少說些露骨的言語，但那是在無人之時。他那樣矜貴少言之人，如何在朝堂上跟眾臣說出那等話來？

祁雲菲越想，越覺得害羞，不過更多的是喜悅。他為了她，竟然反駁朝臣，拒絕納妃的提議。

香竹在一旁伺候，笑著道：「皇后娘娘，雖然皇上沒有明說不會納妃，卻不曾理會那些摺子，可見心裡只有皇后娘娘，對您好著呢。」

祁雲菲抿唇，笑得比盛開的牡丹還要嬌豔。

他對她的好，她一直都知道。

從初見時到現在，他始終待她極好，好到讓她覺得，如在夢中。

他從未做過任何傷害她的事，不僅如此，每每她有需要，他總能先替她設想好。

可是，他為何會對她這麼好呢？好到沒有道理。

若說一見鍾情，她總覺得不對勁。她不是感覺不出來，初見時，他對她並無情愫。不僅是初見，即便後面見了好幾次，他對她仍然沒有男女之間的情意，卻依然不時出現在她面前，幫她做許多事。

這就說明，一開始他對她的好，是有原因的。

當初，她以為衛岑瀾認識小舅舅，所以對她多有照拂。

可是，想到前陣子韓大松講過的話，祁雲菲臉上的笑淡了，眉宇間有了一絲疑惑。

韓大松說，在這次來京城之前，他從未見過衛岑瀾。

那麼，他們初次見面時，衛岑瀾為何會提到楊柳村呢？既然提到，想必是真的跟楊柳村有些關係。

往常沒在意的事，不知為何，今日突然湧上心頭。祁雲菲越想，越不明白其中緣由，越想知道原因。

然而，她想了許久，仍沒想到答案，便不再糾結，又把這件事放進心底。

雖然同住宮裡，但皇宮極大，也分前後。

衛岑瀾是個勤勉的皇帝，白日多半在前殿處理政事，祁雲菲極少打擾他，頂多派人送些吃食過去。

等他回來，已經是晚上了。

祁雲菲瞧見他，下榻迎上前，微微屈膝行禮。「妾身見過皇上。」

然而，禮還沒行完，她的手臂就被人握住了。

「朕說過多少次了，皇后不必如此多禮。」

衛岑瀾醇厚的聲音響起來，大掌順勢滑到祁雲菲的手上，牽著她，一起坐到榻上。

坐定後，衛岑瀾隨口一問：「今日都做了些什麼？」

祁雲菲側頭看看几案上厚厚的冊子，說：「皇兄搬到別苑，皇嫂們也搬過去，各宮便空下來。最近妾身讓人打掃了一下，整理物什，重新登記造冊。」

衛岑瀾順著祁雲菲的目光，打量那些冊子一眼，笑容溫和。「辛苦了。」

得到他這句話，祁雲菲抿唇，笑著說：「妾身幫不了您什麼，只能做這些小事。」

衛岑瀾挑眉。「這怎麼能算小事？如今皇宮是咱們的家，小家大家都是家。」

他知道，自從入宮後，他在前朝忙，祁雲菲待在後宮，也不得清閒。

正所謂一朝天子一朝臣，太上皇搬走時，把許多伺候的人帶走，也留下不少老人。既需要新選一批服侍的人，又需要把這些老人的底細摸清楚。

而且，皇宮比睿王府大多了，各處也需要重新打掃、整理。

即使從前的冊子還在，但帝后和宮妃離開時，定會帶走不少物什。且後宮多年沒有整頓，好多東西雖然登記在冊，卻不翼而飛了。究竟是誰拿走，抑或打碎，沒人能說得清楚。

這原是很麻煩的事，可他的皇后卻從沒找他拿主意。

他打聽一下，聽說皇后把這些帳全抹平了，查不到的，沒讓人繼續查，重新造冊，按照現有的紀錄來。

這一點，倒是跟他的想法不謀而合。

跟初見時比，祁雲菲越來越不一樣了。

從前那個完全不懂管家之事的小妻子，變成如今打理庶務得心應手的皇后。不管睿王府還是後宮，交給她，他都很放心。

想到這裡，衛岑瀾手上使了點巧勁，把祁雲菲拉入懷中。

一旁伺候的人見狀，全默默退了出去。

看宮女退下了，衛岑瀾把頭靠在祁雲菲頸窩裡，雙手環著她的腹部，溫和地開口。

「要是覺得累，就慢慢做，後宮只會有妳一個女主子，先有妳住的地方就好。其他地方，可以慢慢收拾。」

祁雲菲聽懂了衛岑瀾話中的意思，這跟早上傳來的消息一樣，讓她臉色微紅。

「妾身左右閒著也是無事，做些事情打發時間。」

衛岑瀾嗅了嗅祁雲菲身上的香氣，這是他極為熟悉，能讓他安心的味道。

「打發時間嗎？」衛岑瀾喃喃道。

祁雲菲覺得微癢，想躲，又想靠近，不知該如何回答這問題，便簡單地嗯了聲。

「不如，換個方式？」衛岑瀾道。

雖然祁雲菲坐在衛岑瀾身上，但與其說是坐，倒不如說是靠。她在前，衛岑瀾擁著她坐在後面。所以，她能清楚感覺到衛岑瀾的小動作，卻看不清他臉上的表情。

聽到衛岑瀾的話之後，祁雲菲正想問問他這是何意，下一瞬，就被他抱了起來。

成親這麼久了，祁雲菲自然知道他這是什麼意思，也樂意與他如此，圈著他的脖子，靠在他身上。

不一會兒，祁雲菲被他放上床。

「今日朝臣們說，朕沒有子嗣，朕答應他們會努力。不過朕想著，光是朕一個人努力可不行，皇后也得努力才是。」

祁雲菲的臉立時紅透了，目光猶疑，看向別處。

「嗯？皇后不願？」衛岑瀾的聲音裡充滿戲謔。

祁雲菲咬住下唇，害羞地嗯了聲。

衛岑瀾忍不住笑出來。

聽到這笑聲，祁雲菲甚是羞惱，伸出拳頭捶他一下。

衛岑瀾握住胸前嫩白的小手，用醇厚的嗓音說：「好好，朕一個人努力，皇后躺著就好。」

這話一出，祁雲菲的臉更紅了。

接下來，說話的聲音漸漸消失了，床幔落下，滿室生春。

第五十一章

衛岑瀾是個言而有信的皇帝，說努力當真很是努力，昨晚的纏綿，比以往都要久。久到祁雲菲不知道自己什麼時候睡著的，隔日醒過來時，已是日上三竿。

她揉著痠痛的腰，從床上坐起身，漱洗一番之後，便到了午時。

許是今日不太忙，衛岑瀾來後宮用膳，一進內殿，就看到歪在榻上休息的祁雲菲，神態慵懶，眼含春水，臉似三月桃花。

聽到衛岑瀾進來，祁雲菲本想著下榻請安，然而看見他含笑的眼神時，立時停下了動作。

她會這樣，都怪他！心裡有了小小的怨氣，便恃寵而驕了。

「見過皇上。」祁雲菲只輕輕說了一句，聲音裡帶著一絲埋怨。但是，她的聲音本就嬌嬌柔柔，雖然在埋怨，可聽起來卻像撒嬌。

所以，衛岑瀾聽到之後，不僅沒生氣，反倒更加開心，極喜歡她這副模樣，快步朝她走來。

他走到榻邊，撩起龍袍坐下，大掌放在祁雲菲的手上。「還累嗎？」

祁雲菲瞬間想起昨晚的事，忍不住瑟縮一下。本想如從前一般，體貼地說不，可昨日實在太累，因此今日誠實了一回。

「累……」

見祁雲菲繼續跟他撒嬌，衛岑瀾心底一片柔軟，抬手把她頰上的一縷頭髮撥到耳後，摸著紅如煙霞的臉蛋，甚是溫柔地說：「嗯，都怪朕，下次一定注意。」

祁雲菲也不是真的怪衛岑瀾，不過是在他面前沒忍住，想要說幾句。聽他這麼說，便咬了咬唇，神色嬌羞。

衛岑瀾心底一動，拇指摸著摸著，移到祁雲菲緊咬的唇上，嗓音略帶沙啞地說：

「別咬了，仔細咬破。」

祁雲菲害羞地瞥衛岑瀾一眼，垂下眸子，聽話地沒再咬著唇瓣。

見妻子如此乖巧，衛岑瀾無聲笑了，趁她不注意，低頭在她唇上親了下。

衛岑瀾甚少當眾如此，祁雲菲嚇一跳，眼睛瞪得滾圓。

衛岑瀾卻不在意，像剛剛孟浪的人不是他一般，神態自如，摸摸祁雲菲的頭髮。

「聽說皇后沒用早膳？去吃飯吧。」

祁雲菲紅著臉應了。

飯間，衛岑瀾仍舊跟剛剛一般，體貼至極。

兩人吃完，祁雲菲歇息，衛岑瀾則去前殿理事了。

祁雲菲早上起得晚，本是不睏，可不知怎的，腦中想著事情，竟不知不覺睡著了。

醒來後，她又想起昨日思索的事。

有些事，如果不去想，似乎就可以當它不存在。

可有些事，一旦想了，若是沒得到答案，似乎就會梗在心頭，時不時便想起。

衛岑瀾一去就是一下午，連晚飯都沒回來吃。

等他回來時，祁雲菲正在看剛剛整理好的冊子，同時對照從前的，看上面多了什麼，又少了什麼。多了的，要查查來源；少了的，要補齊。

不僅如此，因太上皇的嬪妃並不多，有些宮殿空著沒住人，年久失修，屋頂上的瓦片掉落，甚至偏殿漏水，這都要報上去，一併妥善修葺。

衛岑瀾見狀，也不打擾她，坐在對面，拿起桌上的冊子翻，越看，越是滿意。

等他把冊子放下時，發現祁雲菲已經不再看冊子，正看著他。

「您什麼時候過來的？怎麼沒人通傳，妾身都沒聽到。」祁雲菲小聲咕噥。

中午是因為累極，心裡存了一絲怨氣，她才會那般沒規矩。午睡過後，身體舒服許多，清醒過來，便不再敢如此。這會兒，多了些忐忑。

在衛岑瀾心中，自己的妻子是個極簡單的人，一眼就能看透。瞧著祁雲菲的眼神和臉色，便猜到她在想什麼。

今日她表現極好，是個進步，他不想讓這樣的相處被破壞，又回到從前的小心翼翼，遂琢磨一下，挑明自己的想法。

「妳我是夫妻，何須如此？朕倒是極喜歡妳現在這樣。以前，太小心謹慎了。」

祁雲菲眼睛一亮，抿了抿唇。

她喜歡他，但他是一國之主，是她的夫君，心底會有敬畏。

不僅是她，在這個夫為妻綱的朝代，女子多半以夫為天，極少有不敬畏丈夫的人。

可衛岑瀾卻這麼說。

其實，她也不喜歡一直講規矩。她喜歡他，有時候就想跟他撒嬌，想肆無忌憚地跟他說話。

「您為何一直對妾身這般好？」祁雲菲問出這幾日的困惑。

衛岑瀾笑著說：「妳是朕的皇后，朕自然喜歡妳。」

孰料，一向乖巧的祁雲菲搖頭了。「妾身想知道，初見時，您為何對妾身好？」

她能感覺到，現在的衛岑瀾也喜歡她。若是不喜歡她，他的後宮中不會只有她一個女人；若是不喜歡她，不會對她百般照顧，不會把柔姨娘從定侯府中救出來。

可是從前呢？在沒喜歡上她之前，他為何這般對她？

不弄清楚這件事，她總覺得有些……莫名其妙。

衛岑瀾沈默了。

祁雲菲打量著衛岑瀾的臉色，突然有些後悔追問了。如果衛岑瀾想說，定然早就開口。既然從前沒提起，表示這不適合讓她知道。他待她這麼好，她何必如此為難他。

正想收回這個問題時，祁雲菲對上了衛岑瀾的目光。

這雙眼睛裡，沒有躲閃，沒有遲疑，沒有不悅，而是溫柔。且比剛剛還要溫柔幾分，彷彿透過她，又看到別的東西。

「看來，妳是真的忘記了。」衛岑瀾出了聲，話中充滿笑意。

祁雲菲秀眉微蹙，有些疑惑。

衛岑瀾伸手拉過祁雲菲，抱進懷裡，讓她坐在他腿上，低頭親她一下。

見她臉頰微紅，他才開始說起來……

「妳外祖父去世那年，妳可曾去過楊柳村？」

祁雲菲仔細想了想，回答。「去過。」

自從柔姨娘入了定侯府，就沒回過楊柳村。以前，外祖父和小舅舅倒是常來，只是柔姨娘沒讓她見過外祖父。唯有小舅舅來時，她會跟在柔姨娘身邊見見他。

後來，外祖父去世時，父親准許柔姨娘回去奔喪，她也跟著去了。

因為沒見過外祖父，也沒來過楊柳村，她對這裡的一切都非常陌生。

小舅舅和柔姨娘忙著，沒理會她。她很少出府，見無人管她，便悄悄跑出來。

聽說山上風景好，她帶著吃食跟水，沿著河，朝山上走去。

風景的確不錯，野花甚是好看，林裡還有小鳥嘰嘰喳喳叫著。

她一邊採花、一邊往山裡走。走著走著，發現自己不知何時迷了路，怎麼走都走不出去了。

後來，她遇到一個受傷的大哥哥……

難不成……想到這裡，祁雲菲瞪大了眼睛看向衛岑瀾。

可是，當時她並沒有看清大哥哥的相貌。而且，大哥哥在她的印象中，脾氣極壞，又有些冷漠，跟衛岑瀾完全不像。

祁雲菲覺得自己猜錯了，卻聽衛岑瀾道：「那幾日，朕恰好就在山裡。」

祁雲菲脫口而出。「那個脾氣不好的大哥哥真的是您？」

衛岑瀾正想繼續講下去，聽她這麼一說，頓時尷尬。

原來，妻子對他的第一個印象，竟然是脾氣不好。

不過，仔細一想，少時他意氣風發，脾氣……確實不如現在。

「咳，的確是朕。」

瞧著衛岑瀾微微不自在的臉色，祁雲菲察覺自己說錯了話，訕訕地笑笑，連忙轉了話頭。

「多謝您把妾身從林子裡救出來。」

衛岑瀾順著她的話說下去。「是朕要謝謝妳才是。那時，朕身受重傷，吃的喝的全沒了，又在山中迷路。本以為自己會死在山洞裡，沒想到遇見了妳。」

祁雲菲沒想到衛岑瀾會把她看得那麼重要，仔細想了想，當時她似乎沒做什麼。

「您過譽了，妾身什麼也沒做。」祁雲菲誠實地道。

衛岑瀾笑笑，摸著祁雲菲的頭髮。「這件事，或許對妳來說沒什麼，但於朕而言，卻印象深刻。對一個多日沒見著人、沒怎麼進食、有些絕望的少年來說，妳的出現，像是一縷光照了進來。」

當時的祁雲菲對他而言，是生的希望。

祁雲菲分了水跟一些吃食給衛岑瀾。燃起希望後，衛岑瀾又開始有了力氣。

他心想，這個姑娘還那麼小，又那麼純真善良，他要把她平安送出去，帶她走出這座山。

可能是因為心裡有了牽掛，有弱小的人需要保護，衛岑瀾恢復得很快。最後，都可以揹著祁雲菲了。

他們終於走出去，回到祁雲菲外祖家所在的村子後，衛岑瀾便悄悄離開了。

一會兒後，衛岑瀾輕聲道：「仔細說起來，妳是朕的恩人。」。

祁雲菲從沒想過，當時的自己對衛岑瀾來說那麼重要。

這件事，她才是那個被救的人，衛岑瀾是她的恩人。

「哪有！」祁雲菲認真地反駁。「那年我偷跑出去玩，在山裡迷路，是您救了我才對，您是我的恩人。」

在聽衛岑瀾說了往事之後，雖然祁雲菲對當年的衛岑瀾脾氣差印象深刻，可心底更多的是感恩。如今再看他，感覺親近不少。

不知不覺間，她跟衛岑瀾說話時，多了一份親暱，少了幾分畏懼。

聽到祁雲菲的話，衛岑瀾笑了，眼裡也盛滿笑意。

祁雲菲也笑。著實沒想到，原來在那麼多年之前，就與他相識，他還是她的恩人。

他們的相遇，一定是上天注定。

想到這裡，祁雲菲突然有了一絲衝動，摟著衛岑瀾的脖子，親了親他的嘴角。

事情說開後，衛岑瀾心裡輕鬆許多，見妻子主動，也沒拒絕，更加熱情地回應。
祁雲菲沒有退縮，跟上了衛岑瀾的動作。
從榻上，再到床上。
衛岑瀾身體力行自己在朝堂上的金口玉言，為了大齊的江山努力。
不僅他，身為皇后，祁雲菲也在努力。
雖然兩人之間的情意更為濃烈，不過，因著前一晚的瘋狂，衛岑瀾溫柔許多，又因著心意相融，感覺要比之前舒服。
最後，祁雲菲累極，躺在衛岑瀾的臂彎裡睡著了。
衛岑瀾親親她的額頭，也沈沈睡去。

第二日，衛岑瀾早早去上朝，祁雲菲再次睡到日上三竿。
雖然累，可她醒來時，嘴角卻是帶著笑的。
接下來幾日，兩人之間的感情越來越好。衛岑瀾來後宮的次數越來越多，有時還會宣她去前殿用膳。
之前，衛岑瀾從不會如此，怕累著祁雲菲。可現在，衛岑瀾想見她，朝事又多，來回耗費工夫，便要她過來。

祁雲菲乘坐鳳輦來後，他也不放她回後宮，陪著他處理政事。在他見大臣時，就讓她去偏殿休息。若有事，便一起宿在前殿。

身為皇上和皇后，他們的一舉一動，都有人記載。

漸漸地，朝野內外，也深刻感受到了帝后之間的感情。

第五十二章

這日，用過晚膳後，休息一會兒，見衛岑瀾沒回來，祁雲菲便先去沐浴。

浴池中早已放好熱水，灑滿花瓣。

祁雲菲踏進去，舒服地閉上眼睛。想到這些日子衛岑瀾的體貼，忍不住笑了起來。

然而，一刻鐘後，祁雲菲突然在水中坐直身子，睜開眼睛，笑意全無，只剩茫然。

正幫她洗頭的兩名宮女連忙跪下。「請皇后娘娘恕罪。」

祁雲菲抬抬手，想說些什麼，卻沒說出口。

剛剛，她想到了一件事。

不只衛岑瀾對她的態度有些奇怪，莫名其妙對她好，前世的靜王亦是如此。

剛入靜王府時，靜王並不怎麼喜歡她，極少來她屋裡，也不愛跟她說話，兩個人幾乎沒講過幾句話。

後來某一天，靜王忽然對她好起來，與她說的話也多了。不僅如此，在她提議讓靜王幫著衛岑瀾後，靜王還時常用奇怪的眼神盯著她。

後來，她去替祁雲昕求情時，靜王突然殺了她。

從前，她一直想不通為什麼，但憶起昨日衛岑瀾說過的話，一下子明白過來了。

靜王給她喝避子湯時，就是祁雲昕威脅她，要她說服靜王支持衛岑瀾後的事。

靜王殺她時，是在她為祁雲昕求情、希望靜王能放祁雲昕回京之後。

聽起來，事情都跟祁雲昕有關。

然而，靜王並不知道祁雲昕來找她，如果僅從字面上看，她是在幫著衛岑瀾。

所以，前世靜王誤以為她跟衛岑瀾之間有什麼嗎？

想到這一點，祁雲菲的心飛快跳了起來。

不對，不僅如此，靜王忽然善待她，定然與衛岑瀾有關。不然，靜王不會這麼做。

她不過是定國公府的庶女，身分低，若靜王懷疑她跟別的男人有染，完全沒必要忍著，可以光明正大處置她。

可靜王不僅忍下來，還對她格外寵愛，封她為皇貴妃。

他是做給誰看的呢？

答案呼之欲出，是衛岑瀾。

因為，前世的大齊皇位是衛岑瀾的，是衛岑瀾沒要，給了靜王。

靜王登基後，衛岑瀾手中依舊大權在握，完全可以架空他。

在衛岑瀾去了極南之地後，靜王沒了掣肘，就把她殺了。

前世，她不認識衛岑瀾，可衛岑瀾依舊把她當作救命恩人，在背後默默照拂。

不管前世還是今生，他都默默守護著她，也只有他在守護他。

他就像是一座高山，在她看不見的地方，給她依靠，可她前世從來不知道。

不知不覺間，祁雲菲淚流滿面。

她出身不高，性子不好，沒什麼才藝，何德何能被高高在上的衛岑瀾如此相待？

聽到後面的動靜，祁雲菲轉過身。

在氤氳的霧氣中，一個身著明黃色華服的男人朝她走來。

男人劍眉星目，薄唇緊抿，步伐穩健，器宇軒昂。

離得近了，在他的眼中，她看到滿滿的關心，看到她的身影。

祁雲菲從水池中站起來，緊緊抱住了衛岑瀾。

剛進來時，衛岑瀾看著妻子傷心欲絕的模樣，心情變得極為糟糕，走過來這幾步，已經在腦海中把所有可能欺負她的人想了一遍。

他正要問，妻子卻主動抱住他，哇哇大哭起來。

衛岑瀾恨極了欺負她的人，但此刻不是想這些的時候。

「跟朕說，到底是誰欺負妳了？

「別怕，妳是朕的皇后，這世上沒人能欺負妳……」

可不管衛岑瀾如何溫言軟語地問，祁雲菲始終一言不發，兀自哭得傷心。

衛岑瀾被她哭得心都快碎了，到底是哪個不長眼的人，敢欺負他捧在手心裡的人！

約莫過了一刻鐘左右，祁雲菲終於平復下來，不過仍在抽抽噎噎。

衛岑瀾見狀，連忙從架上拿下衣裳，幫祁雲菲披好。

別讓妻子著涼，問清楚妻子為何傷心，這才是此刻他該做的事。

衛岑瀾抬手拭去妻子臉上的眼淚，壓制住心頭的怒火，溫柔地問：「跟朕說說，究竟怎麼回事？」

大哭一場之後，祁雲菲冷靜了。迎視著衛岑瀾關切的目光，眼眶再次微熱。

祁雲菲吸吸鼻子，把心裡的思緒壓下去。

「沒有人欺負妾身。」祁雲菲甕聲甕氣地說。

衛岑瀾顯然不相信這說詞，掃向跪在地上的宮女。

「是誰？」衛岑瀾冷冷地問。

伺候的人全開始顫抖起來。

祁雲菲對衛岑瀾搖搖頭。「不關她們的事。」似想起什麼，道：「讓她們退下吧，妾身跟您說。」

衛岑瀾聞言，揮了揮手，讓宮女們出去了。

很快地，偌大的淨房裡，只剩下他們兩人。

祁雲菲咬唇，抬起充滿水霧的眼睛看著衛岑瀾，半真半假地說起來。

「剛剛妾身沐浴時，不小心睡著，作了個噩夢。夢到大婚之時，一切都沒改變，妾身入了靜王府，大姊姊成為您的王妃。」

聽到這話，衛岑瀾眉頭緊緊皺起來。

祁雲昕那種惡毒女子成了他的妻子，他的妻子卻跟別的男人在一起？

衛岑瀾的臉色開始泛黑。這是什麼亂七八糟的夢！

他正想開口駁斥，可祁雲菲又繼續說起來。

「妾身還夢到，您見過妾身之後，託靜王照拂妾身。後來，您不想當皇帝，跟皇兄說，讓靜王登基，又把手中的權力全給了靜王。靜王坐穩皇位，便把您趕到極南荒涼之地。後來，青王也去了。」

這番話讓衛岑瀾流露出異樣的神色。

當初，他得知祁雲菲要入靜王府時，確實存了這樣的想法。只是，他沒跟任何人說過，她怎會知曉？

而且，他的確不是很想當皇帝。

這些事情，未必不會發生。

如果他沒發現靜郡王的歹毒之處，確實想讓靜郡王登基。而以靜郡王的性子，定能做出夢裡的事。

怔忡間，衛岑瀾聽到後面的結局，臉色驟然大變。

「……大姊姊想回來，妾身就去找靜王求情。沒想到，靜王卻突然殺了妾身。」

「胡思亂想什麼，妳嫁給了朕，朕不允許任何人對妳做出這樣的事！」衛岑瀾陰著臉訓斥。

這是衛岑瀾第一次對祁雲菲說重話。

話剛落，祁雲菲的眼淚就流了出來。

衛岑瀾立時後悔。他只是心中劇痛，所以才沒考慮她的感受。這樣的話，並非出自於他的本意。

他嚇到她了。

她那麼膽小，又那麼脆弱。這些都是她的夢，是她心底最害怕的事，不然剛剛不會哭得那樣傷心。

可他不僅沒安慰她，還訓斥她，著實過分了些。

他正想把妻子摟入懷中哄著，然而下一瞬，懷中就多了個溫暖的身體。

「嗯，是妾身胡思亂想，您不要離開妾身。」

衛岑瀾見狀，鬆了口氣。還好，沒嚇到她。

「嗯，放心，朕永遠不會離開妳。」衛岑瀾許下承諾。想到剛剛的事情，又開始安撫祁雲菲。「妳不必擔憂，那些都是夢，夢是假的，醒過來之後，煙消雲散。朕是真龍天子，定能永遠護著妳。」

「嗯。」祁雲菲趴在衛岑瀾胸前蹭了蹭，心底一片溫暖。

她自然信他，信他會永遠護著她。前世他便是這麼做的，今生，他做了更多。

這個世上，就算誰都不能信，她也會相信他的。

見妻子如此乖巧的模樣，衛岑瀾徹底放心，抬起手，一遍又一遍撫摸鋪滿她後背的長髮。

不過，摸著摸著，她身上的柔軟，以及入鼻的香氣，開始讓他心猿意馬起來。

衛岑瀾覺得，不能再待在這裡了。

「咳，洗好了嗎？」他出聲打破此刻的溫馨。

祁雲菲驟然睜開眼，她還沒洗好頭髮。

可衛岑瀾一直在摸，手上肯定沾了不少皂液。

祁雲菲垂頭看看衛岑瀾的手，有些不好意思。「沒有。」

見祁雲菲盯著他的手，衛岑瀾立時明白過來，鬆開她，把手伸進浴池試了試，揚聲道：「來人，加熱水。」

幾乎是話落，伺候的人便進來，先舀出一些溫水，再把熱水倒進去。

不過片刻工夫，水就熱了。

與此同時，宮女伺候衛岑瀾脫掉外衣，只餘裡衣。

接著，衛岑瀾讓她們都退下，對祁雲菲招手。

祁雲菲一下子紅了臉。雖然嫁給衛岑瀾許久，做過最親密的事，可他們卻不曾一起沐浴。

可現在浴池中沒了旁人，衛岑瀾又脫掉外衣，不就是想要一起沐浴的意思嗎？

害羞片刻後，祁雲菲鼓足勇氣，走到衛岑瀾面前，開始脫他的裡衣。

衛岑瀾微微一愣，看著祁雲菲緋紅的臉頰，不由笑了出來。

他握住她的手，刮她的鼻頭一下。「想什麼呢？妳頭髮上的皂液還未沖乾淨，朕幫妳洗。」

聽到這話，祁雲菲的臉立刻爆紅，羞惱得不知該看哪裡。

「不，不用。」

「乖！」

這是衛岑瀾第一次幫祁雲菲洗頭髮，起初祁雲菲很緊張，但看著他認真的眼神，想到他前後兩世為她做過的事，漸漸放鬆下來。

在氤氳的霧氣中，她不知不覺睡著了。

祁雲菲再次醒來時，已經是第二日早上。

香竹笑著告訴她。「皇后娘娘，您不知道，昨晚皇上對您多體貼。您從浴池出來時就睡著了，皇上親自幫您擦頭髮，擦了小半個時辰呢。」

祁雲菲歡喜，又有些害羞。

傍晚，聽說衛岑瀾不回後宮用飯，她便親手做了飯菜，送去前殿。

衛岑瀾看著品相不佳的晚膳，挑了挑眉。

祁雲菲扭捏地說：「這些都是妾身親手做的。」

衛岑瀾聽了，再看食盒中的飯菜，頓時覺得極為順眼。

「皇后甚是賢慧，朕很欣慰。」衛岑瀾笑著說道。

祁雲菲抿唇。「昨晚……謝謝您。」

衛岑瀾沒接話，而是道：「陪朕一起吃吧。」

「嗯。」

飯後，衛岑瀾又忙了一會兒，祁雲菲就坐在一旁，托著下巴看他。

等他批完手中的摺子，已經快到亥時。

看著外面的天色，又看看身側的妻子，想到昨晚未完成的事，衛岑瀾沈聲道：「既然皇后想感謝朕，不如，今日陪朕一起沐浴如何？」

祁雲菲的臉立時發燙，卻道：「好。」

兩個月後，祁雲菲有了身孕。

皇后有孕，代表皇帝將有子嗣，江山穩固，朝中上下都在為這件事高興。

不過，漸漸地，又有人生出別的想法。

既然祁雲菲懷孕了，必然不能伺候衛岑瀾。但衛岑瀾身邊只有她一個女人，是不是要選些妃子才是？尋常男子都有幾個妾室通房，一國皇帝怎能委屈了自己。

所以，朝臣再次上奏選妃之事。

但這一次，衛岑瀾更加生氣了。

「如今皇后有了身孕，需要好好養胎，愛卿們卻在這時提這樣的事，豈不是在給皇后添亂，給朕添亂？爾等可是故意謀害?!」

此話一出，不僅勸他選妃的大臣，其他臣子也撲通跪下。

謀害帝后可是重罪，誰敢？

至此，朝堂上再也沒人敢提這件事了。

八個月後，皇長子出世，舉國歡騰。

靜郡王府中，祁雲昕歪坐在榻上，聽著外面的議論聲，問身邊的下人。「她們在說什麼？誰生了孩子？」

靜郡王奪嫡失敗，恨透了衛岑瀾，因此，即便整個大齊都在為皇后生下嫡長子而歡喜，郡王府裡也不會高興。

但，主子不開心，不代表下人們不議論。

「回姨娘的話，是皇后娘娘生下了嫡長子。」

祁雲昕聽了，目光瞬間變得冰冷，漂亮的臉蛋登時扭曲。

她正想罵幾句，侍書的聲音卻由遠及近響起。

「姨娘，不好了！」

祁雲昕皺眉，瞪向跑到門口的侍書，訓斥一聲。「吼什麼？」

侍書哪還顧得上這個，忙道：「姨娘，聽說前幾日郡王爺跟青王打了一架，皇上罰郡王爺去守皇陵。」

祁雲昕一聽，死死抓住了桌角，才沒讓自己暈倒。

去守皇陵……那她這輩子還有什麼指望?!

不，她還有娘家。

「還有……」

「還有什麼？」祁雲昕咬著牙問。

「前幾日老夫人帶著二姑娘去宮裡，害皇后娘娘動了胎氣早產，皇上奪了侯爺的爵位，派侯爺去極南荒涼之地當知府。」

祁雲昕氣極。「祁雲嫣做的事，為何要怪我父親？要罰，也應該是罰二叔才對！」

「皇上也奪了二老爺的職位，命他出京當縣令，永遠不得回京。」

祁家，徹底敗了。

聽到這裡，祁雲昕所有的希望都落空，臉上再無血色。

宮裡，衛岑瀾跟祁雲菲也在說這件事。

祁雲菲的確早產了幾日，原因是祁老夫人暗中指使祁雲嫣推她。

祁雲菲不會如此大意，在懷孕時見這些人。只是，平德帝病重，眼見快不行了，託她幫青王說親，才讓各府命婦和女眷進宮。

孰料，定侯府竟敢行如此之事。其中，還有靜郡王的手筆。

「朕想著，那日菲兒的夢，許是一個徵兆。極南之地的確荒涼，定侯一心為國，去歷練一番也不錯。」衛岑瀾冷著臉說。

老一輩定國公曾在戰場上救過衛岑瀾的父皇，因著這件事，定國公府才成為京城中炙手可熱的高門。

也因為如此，衛岑瀾才網開一面，沒有重懲祁家。要是依著他，就不僅僅是奪爵降職了。

想到妻子生產那日的艱難，差點一屍兩命，衛岑瀾到現在還有些後怕。

祁雲菲從鬼門關走了一遭，自然也不會幫他們求情。

這時，躺在一旁的孩子哭起來，祁雲菲和衛岑瀾手忙腳亂地去哄。

看著躺在一旁的兒子，再看著坐在一側的衛岑瀾，祁雲菲露出幸福的笑容。

「岑瀾，謝謝你。」

「我亦如是。」

——全書完

番外——前生諾

衛岑瀾出身皇家，雖然父皇跟母后早逝，但因為有個疼愛他的兄長，所以過得還算順遂，金尊玉貴。

這輩子，他施恩於無數人，但多半都不記得了。

唯獨記得的，是旁人對他的恩惠。

再次見到祁雲菲，是在一次家宴上。

他本是去找自家王妃，卻見到她在欺負一個小姑娘。

「祁雲菲，要妳有什麼用？真是白費了這張臉，連這麼點小事都做不好！」

聽到這話，衛岑瀾皺了皺眉。

這個王妃，並不是他想娶的。他並無喜歡之人，娶誰都行。既然娶定國公府的姑娘能讓皇兄放心，便答應了。

只是，自從應下親事之後，祁雲昕的所作所為，讓他很是不喜。

欺壓百姓、侵占鋪子……他提醒過她許多次，然而，她表面上改了，私底下仍舊橫行霸道。

今日，她又在欺負人了。

聽對方的名字，跟她差不多，想必是她娘家的姊妹。

原來，祁雲昕不僅欺負下人和百姓，也苛待自家姊妹。衛岑瀾對她的不喜，又增添了幾分。

就在這時，衛岑瀾瞧見垂頭跪在地上的小姑娘的臉。

竟然是她！

祁雲菲哭得梨花帶雨，甚是惹人憐惜。

「大姊姊，我真的不敢，求求妳，別再讓我做這些事情。靜王並不喜歡我，極少來我房中，我在靜王府裡也很是艱難。」

祁雲昕冷哼一聲。「做不到？那柔姨娘的性命，妳也不顧了是嗎？」

祁雲菲臉色煞白。

「我告訴妳，若再打聽不出有用的消息，就等著替柔姨娘收屍吧！」祁雲昕神情猙獰，看起來猶如從地獄中爬出來的惡鬼一般。

祁雲菲大急，抬手扯住祁雲昕的衣衫，祈求道：「大姊姊，妳別為難我姨娘。妳想要我做什麼，我都答應。」

「哼，算妳識相。」祁雲昕說完，得意地離開了。

祁雲菲仍舊跪坐在地上，哭哭啼啼，甚是可憐。

另一邊，衛岑瀾看得愁眉深鎖，想出去安慰她。然而從剛剛的對話中，不難得知，如今小姑娘應該是姪子府中的妾。

他身為外男，身為長輩，這般行事不是救了她，反倒會害她。

但小姑娘救過他，他不會見死不救。

幫人的方式有很多種，並非只有安慰，並非急在此刻。

思索片刻後，衛岑瀾默默離開了。

衛岑瀾調查一番，再次見到靜王時，跟他說了幾句話。

「昔日本王在楊柳村認識一個姓韓的侍衛，他曾救過我，後來不知去了何地，我找了許久也沒尋到。如今得知他有個外甥女入了你府中，若是可以，你多照拂她，亦算是替本王還了恩情。」

靜王心思深沈，聽聞此話，立刻應下。

然而，垂下的雙眸中，目光卻是晦暗不明。

一個月後，衛岑瀾得知祁雲菲成了靜王府的寵妾，且還聽說靜王替祁雲菲的父親還債，心中甚慰。

因為身分，衛岑瀾不好再照拂她，遂沒再關注此事了。

過了幾年，平德帝病逝。

去世前幾天，平德帝跟衛岑瀾密談許久，最終在詔書上寫下了靜王的名字。

第二天，聖旨傳出來，大齊內外皆驚。

原以為這皇位是衛岑瀾的，沒想到竟是靜王得手。

衛岑瀾權勢滔天，且極得平德帝喜歡和信任，任誰都知道，平德帝想傳位給他。退一步說，即便平德帝不想傳給衛岑瀾，昨日衛岑瀾想逼迫平德帝修改詔書，也是輕而易舉。他可以做得滴水不漏，不被任何人發現，也可以不掩飾自己的狼子野心。總歸，他大權在握，沒人敢說什麼。

然而，衛岑瀾手中的詔書是給靜王的。

衛岑瀾本就無意為帝，在平德帝舉棋不定時，勸說許久。好在，最終詔書上寫的，不是他的名字。

但詔書上有言，衛岑瀾是輔政大臣。

說到底，若衛岑瀾不願放權，靜王這個皇帝就是個空架子。

因此，即便靜王登基為承新帝，可朝中的大臣依舊敬重衛岑瀾，有什麼事情，都去找他商議。他不同意的事，沒人敢做；他反對的事，更是沒人敢動歪腦筋。

可接下來的發展，卻更讓人吃驚。

衛岑瀾開始交出手中的權，先是禮部、工部，再來是兵部、刑部等等。

承新帝發現了，很是開心。若衛岑瀾一直把持朝政，他這皇帝當得還有什麼意義？

他本就是個有手段的人，在衛岑瀾放權之後，立刻抓住機會，逐漸把四部掌控在自己手中。

就在承新帝以為衛岑瀾不會把吏部、戶部交出來時，衛岑瀾來找他了。

「大齊將來是你的，在你父皇死前，本王答應他，要好好輔佐你。近日你做得不錯，本王很是滿意。」

他本就對皇位無意，之所以還把持朝政，是因為承新帝能力不足，得慢慢交給他。如果一下子全給了，他未必能接住。

新舊交替之時，最需要穩住朝堂，以防生亂。

只是，他這個姪兒似乎想岔了。

「本王對朝政無意，你大可放心。不過，你能力不足，資歷尚淺，須多加磨練。」

不是不給，而是他不夠格。

衛岑瀾對承新帝，是長輩對晚輩的態度，說的都是推心置腹的話。

然而，這些話對承新帝來說，卻極為刺耳，如同把自己的臉面放在地上被衛岑瀾踐踏一般。

這一刻，他對衛岑瀾起了殺心，恨不得將他千刀萬剮。

只是，他知道自己不能。衛岑瀾的根基，是他不能比的。

即便是皇宮裡的侍衛，說起來是忠於皇帝，可他們也是衛岑瀾的人。若他此刻真的下令誅殺衛岑瀾，要是侍衛們不動，往後他如何再命令人？

所以，他要忍。

他要不知廉恥地討好衛岑瀾，讓他心情好，讓他多多放權。

「皇叔教訓的是，能有皇叔從旁協助，姪兒甚是感激，也甚是安心。姪兒只求皇叔能一直這麼幫著姪兒，這樣，姪兒才能穩住朝廷。」

「嗯。」衛岑瀾輕輕應了聲。

這個姪子是什麼性子，衛岑瀾清楚得很。從前，平德帝還在位時，他便想方設法從他手中奪權，如今更是強勢。

大齊本就是承新帝的，他無意去奪。若他真有意，當初接下聖旨便是。等承新帝再歷練一段時日，時機成熟，他徹底放權。屆時，他也好放鬆了。

衛岑瀾正想著，卻聽承新帝說了一句。「皇叔，如今姪兒登基已有數月，該封賞後宮了。旁人都好說，唯有個人，姪兒拿捏不準，還請皇叔幫忙參詳。」

衛岑瀾微微蹙眉。雖然他是長輩，可並非事事都要教晚輩。

而且，承新帝的後宮與他無關。

他正欲拒絕，承新帝便開口了。「定國公府三房的庶女祁雲菲是本王的側妃，給個貴妃也使得。只是，她尚未孕育子嗣，姪兒有些拿不定主意。」

聽到這話，衛岑瀾眉頭漸漸舒展，琢磨一下，道：「既然出身定國公府，又極得你喜愛，封貴妃也行。你莫要擔心，她還年輕，孕育子嗣是早晚的事。」

出身不錯？祁雲菲雖是定國公府的姑娘，卻是最沒本事的三房所出，且還是庶女。她就是占了個國公府的名頭，實則低賤得很。

孕育子嗣？承新帝冷笑一聲。這輩子，祁雲菲別想了。

他握緊拳頭，眼神中流露出一絲殺意，低頭道：「多謝皇叔提點，姪兒明白了。」

說完剛剛那番話，衛岑瀾察覺有些不妥，想了想，補充幾句。「她舅舅於大齊有恩，且是暗探，死在了江舟國。既不好明著嘉獎，賞賜在他親人身上也可。」

承新帝聽了，臉上的冷意更甚。

舅舅？衛岑瀾第一次提起時，他便查過了，祁雲菲的舅舅韓大松早已死在戰場上，衛岑瀾分明是故意拿這件事來誆騙他。反正大齊派出去的暗探眾多，他也不知情，衛岑瀾說什麼，就是什麼。

而且，若是韓大松立功，應該封賞他的姊姊，也就是祁雲菲的姨娘才是，但他卻沒聽說衛岑瀾做這些。

雖然心中這麼想，但抬起頭時，承新帝卻是一副驚訝的神色。「竟然還有這回事，姪兒一直都不知曉。既然她舅舅於朝廷有功，又沒有子嗣，不如封她為皇貴妃吧。」

衛岑瀾皺眉。皇貴妃？太高了吧。

可是，祁雲菲畢竟於他有恩，且以後放權，便不能再幫著她。既然承新帝主動提及，他也不好擋她的路。

況且，說到底，這也是姪兒的後宮，他不好把手伸得太長。

所以，一向自詡公平公正的衛岑瀾，此刻說了違背原則的話。「也可。終究是你的後宮，你自己看著辦吧。」

「是。」承新帝笑著說道，心底冷意氾濫。

衛岑瀾是個什麼性子，承新帝很清楚。衛岑瀾對任何女人都冷，即便是睿王妃也不例外，且對任何人都有原則。

可這樣看起來冷漠無情的男子，卻一次次主動提起他後宮中的女人。不僅如此，還扯謊，以期讓他封賞她。

承新帝幾乎可以確定，祁雲菲是衛岑瀾的人，覺得頭頂泛綠。

為了討好衛岑瀾，他替祁雲菲的父親還賭債，表面上對祁雲菲好，還封她當側妃。既然做了這麼多，再給個皇貴妃的頭銜又如何？反正都是虛的，他早晚報復回去。

這種屈辱，他絕不會再忍太久！

過了不久，聽到祁雲菲被封為皇貴妃的消息，衛岑瀾的臉色柔和了些。

那個心地善良的小姑娘，如今有了尊貴的身分。

雖然清楚承新帝的小動作，也猜到他的小心思，但接下來的幾個月，衛岑瀾依舊在放權。

平德帝是他最親的親人，亦是最疼愛他的兄長，臨終前的遺言，他定會遵守。

輔佐新帝，讓大齊越來越昌盛。

衛岑瀾側頭看牆上的暗格一眼，希望他永遠都用不到裡面的東西。

幾個月後，衛岑瀾交出兵權。

沒幾日，靜王在朝堂上說，要他去極南荒涼之地。

朝臣爭論不休，不少人私底下來找他，隱隱透露要反抗承新帝的意思。

眼見爭論越演越烈，衛岑瀾出人意料，在朝堂上答應了承新帝的提議。

他本就無意於皇位，會留在承新帝身邊，是因為平德帝的遺願。既然承新帝不再需要他，他也沒必要待在京城。有他在，承新帝永遠無法真正讓朝廷內外歸心。

數日後，衛岑瀾帶著睿王府的人離開了。

衛岑瀾到了封地，整日騎馬開荒，倒是比從前快活些。

當然，他亦知道妻子的不滿，知道她往京城去信。

既然她想走，他也沒想留她。

只是，祁雲昕尚未離開，他卻收到祁雲菲病逝的消息。

衛岑瀾的眉頭緊緊蹙了起來。

怎麼會呢？她還那麼年輕，上次冊封皇貴妃時，他見過她，看起來很健康。他從未聽聞她得病的風聲，怎麼會突然去世？

想到那些後宮中常用的招數，衛岑瀾的臉色有些難看，吩咐侍衛。

「去查查她的死因。」

雖然他打定主意，不再理會朝堂之事，但她於他有恩，他想為她做些什麼。

幾日後，衛岑瀾聽到祁雲昕對祁雲菲的謾罵，很是不悅，罰她禁足。

侍衛傳回消息時，衛岑瀾更是不解。

祁雲菲收到定國公府的信後，去找承新帝，當晚就被人下藥毒死了。

承新帝不是很喜歡、很寵愛她嗎？為何會下此毒手？

祁雲昕只是想回京，才要定國公府的人寫信給祁雲菲，信中內容並無特殊之處，為何會惹怒承新帝？

於是，衛岑瀾又派人去查祁雲菲這些年來發生的所有事情。

一個月後，看著侍衛送來的文書，衛岑瀾的臉上，第一次有了愧疚之色。

原來，是他害死了她。

他第一次跟承新帝提過她之後，沒過多久，承新帝就命人下藥，讓她永生不可能有孕。

靜王看起來寵愛她，實則都是假象。

承新帝之所以下定決心殺她，也是因為他。她替祁雲昕求情，定也說了他的好話。

從前只知道承新帝這個姪兒狠戾，卻不知他毒辣至極，竟會對一個弱女子下手。

想到那年笑容燦爛的小姑娘，衛岑瀾閉上眼，遮掩心中的酸澀。

許久之後，衛岑瀾睜開眼，看向暗格，思索起來……

過了一陣子，青王來了，封地就在他的附近。

「小叔，姪兒終於見到您了！您不知道，他是如何對我的……」

聽著青王的話，衛岑瀾面上不顯，心中卻極為憤怒。

先帝僅有兩子，不管是哪個，他都希望能好好的。

然而，承新帝登基後，如此欺壓親兄弟，著實讓人不喜。

朝中沒了衛岑瀾這座大山，又沒了青王這個障礙，承新帝手中的權力統一，便暴露了本性。

修建宮殿，勞民傷財，徵收苛捐雜稅，以武力欺壓百姓，人民怨聲載道。

種種惡行，觸犯了衛岑瀾的底限。

「小叔，您還在猶豫什麼？咱們殺回去！他就是個混帳玩意兒，咱們衛家的基業，怎能敗在這種人手中！」

衛岑瀾抬頭望著掛在天上、略顯清冷的月亮，許久之後，輕輕應了一聲。

衛岑瀾越來越忙了。

青王也收起之前的玩世不恭，直接住在睿王府裡。

祁雲昕得知衛岑瀾在忙，沒空管她，於是悄悄準備了一番。

這日，趁著衛岑瀾外出時，祁雲昕收拾好東西，帶著僕人跑了。

然而，王管事在門口攔住她，給她一樣東西。

祁雲昕看著手中的和離書，心中狂喜。

王管事見狀，道：「王爺說，如果王妃打算離開，直說便是，沒必要偷偷摸摸。您想要的東西，王爺也幫您準備好了。」

祁雲昕臉上訕訕，不過想到可以離開這個荒涼地方，又覺得甚是開心。

「哼，本王妃何時偷偷摸摸離開了？我這是光明正大地走，是我不要衛岑瀾，不是他不要我。」祁雲昕說完，心裡一陣舒爽，衝著王管事吼。「滾開，別擋我的路！」

王管事聽後，依舊面無表情，側開身子，恭敬地說：「您慢走。」

祁雲昕很是得意，拉著嫁妝，帶著自己的人離開了。

半年後，衛岑瀾得到百姓擁護，帶兵回京。他手中那道平德帝留下的密旨，亦使他獲得朝臣的支持。

兜兜轉轉，皇位再次落到衛岑瀾手中。

躲在京郊別院裡的祁雲昕，聽到這個消息，眼前一黑，暈了過去。

這天，處理完政事後，衛岑瀾來到祁雲菲曾住過的宮殿。

但凡於他有恩之人，他都百倍回報了。

可祁雲菲是唯一一個幫過他，卻被他害死的人。

每每想起記憶中那個笑容似春花爛漫的姑娘，他的心底都會生出鈍鈍的疼痛。

「對不起，是我害了妳。若有來生，定會傾我所有補償妳。」

——全篇完

2020年5月出版

神農小倆口

文創風 849～851

雖說農民都有自己的土方子殺蟲，但效果……就一般般，
她慶幸自己從小記憶力極佳，閒暇時看的農書有了用武之地，
不是她自誇，她調配的各式農藥水一灑，蟲蟲大軍無一不投降，
無論古今，莊稼就是農民的命根子，所以她家的農藥肯定會大賣，
這不，賣出去的藥水成效驚人，生意蒸蒸日上，財源滾滾來啊！

對症下藥　不奪農時／安小橘

她原本是個人美心善的白富美，還嫁了個愛慘她的好老公，
豈料，突如其來的一場車禍奪走了小倆口的性命，
本以為幸福美滿的生活就此結束，幸好老天沒對兩人趕盡殺絕，
他們附身在古代一對溺水而亡的農家夫妻身上，重、生、了！
但……老天爺在讓他們穿越的時候，是不是哪個環節出了錯？
她這夫君宋平生是個渾不吝的二流子，而她姚三春更是有名的潑婦耶，
之所以丟了小命，全因他內心另有意中人，彼此大打出手時意外落水！
也就是說，一對恩愛的神仙眷侶，今後要扮演起厭惡彼此的小夫妻？
更糟的是，甦醒沒三天，他們這房就被迫分家，鄉親們還覺得大快人心！
原來兩人的名聲這麼差，已經到了人憎狗嫌的地步嗎？這下該如何是好？
而且雖然分家時得了田宅，但將他們掃地出門的宋老頭卻一文錢都沒給，
所以小倆口如今很窮，非常窮，窮到快揭不開鍋、沒飯吃的地步啦！
何況那老宅是個一下雨就四處漏水的破屋子，根本沒法久住，
最慘絕人寰的是，她又黑又瘦，容貌令人驚「厭」，相公卻擁有驚人的美貌……
老天爺要這樣玩她就是了？那就來吧，她可不是會輕易屈服於命運的人！

風 文創
853

菲來鴻福 下

國家圖書館出版品預行編目資料

菲來鴻福 / 夏言著. --
初版. -- 臺北市 : 狗屋, 2020.06
冊 ; 公分. --（文創風）
ISBN 978-986-509-110-1（下冊：平裝）. --

857.7　　109005619

著作者　夏言
編輯　安愉
校對　沈毓萍
發行所　狗屋出版社有限公司
地址　台北市104中山區龍江路71巷15號1樓
電話　02-2776-5889～0
發行字號　局版台業字845號
法律顧問　蕭雄淋律師
總經銷　知遠文化事業有限公司
電話　02-2664-8800
初版　2020年6月
國際書碼　ISBN-13　978-986-509-110-1

本著作物由北京晉江原創網絡科技有限公司授權出版

定價250元
狗屋劃撥帳號：19001626
網址：love.doghouse.com.tw　E-mail：love@doghouse.com.tw